杭州古运河地域特色皋亭文化丛书（一）

皋亭人家

吴关荣◎编著

華文出版社
SINO-CULTURE PRESS

图书在版编目(CIP)数据

皋亭人家 / 吴关荣编著. -- 北京 : 华文出版社,
2017.9(2022.6重印)
ISBN 978-7-5075-4754-2

Ⅰ. ①皋… Ⅱ. ①吴… Ⅲ. ①历史故事-作品集-中
国 Ⅳ. ①I247.81

中国版本图书馆CIP数据核字(2017)第226622号

皋亭人家

作　　者：吴关荣
责任编辑：谭　笑　黄彩霞
出版发行：华文出版社
社　　址：北京市西城区广安门外大街305号八区2号楼
邮政编码：100055
网　　址：http://www.hwcbs.com.cn
投稿邮箱：784263235@qq.com
电　　话：总 编 室 010-58336239　　发 行 部 010-58336267　58336266
　　　　　责任编辑 010-58336237
经　　销：新华书店
印　　刷：廊坊市印艺阁数字科技有限公司
开　　本：710mm×1000mm　1/16
印　　张：13.75
字　　数：200千字
版　　次：2017年10月第1版
印　　次：2022年6月第2次印刷
书　　号：ISBN 978-7-5075-4754-2
定　　价：58.00元

左　　起 1. 倪云炳　2. 陈文玉　3. 杨连珠　4. 倪连庆　5. 王桂珍

6. 倪健康　7. 倪齐潮　8. 朱宝华　9. 沈永良　10. 倪爱仁

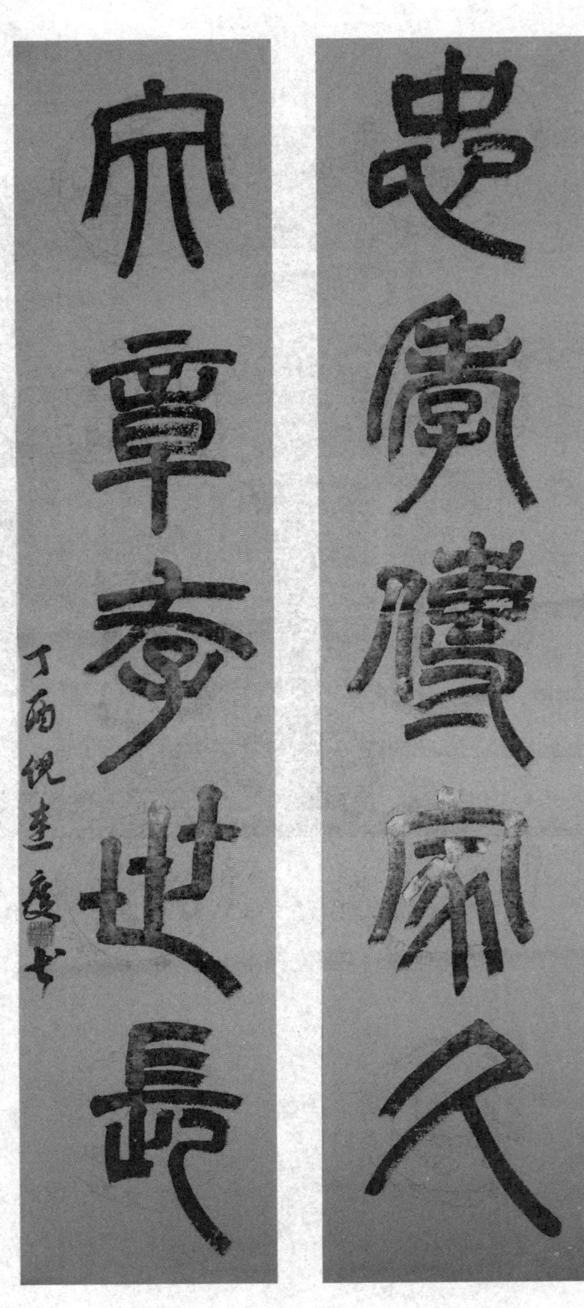

序　一

见证南宋八百年前风生水起的杭州口碑

吕洪年

《皋亭人家》深藏皋亭文化，特别是皋亭山的传说故事。

皋亭山是杭州的名山，也是杭州北部地区的屏障。它历史悠久，积淀丰富，堪称钟灵毓秀、佛驻仙游的风水宝地。改革开放以来，杭州市又在此开辟森林公园、营造登山休闲之区，如今已成为韵味独特、别样精彩的名胜地。特别是广大民众口耳相传、津津乐道的传说故事。

杭州市江干区文化干部吴关荣同志长期深入民间，与民众朝夕相处，精心采编的《皋亭山传说》《皋亭山传说续集》《钱塘江传说》《钱塘江民间故事》《笕桥韵事》以及《皋亭遗韵》等已广传远播，口碑遍及整个杭嘉湖地区及更远的地方。

承蒙关荣同志对我的推重，屡屡请序于我。我思之再三，便在此略述皋亭文化发出奇光异彩的几个亮点。

其一，宋室南渡，在民间引发风生水起的口碑。

小康王逃难的传说，在浙江各地均有流传。小康王，就是民间对宋高宗赵构的称谓，即康王赵构。当时因金兵入侵中原，大宋皇帝成为金朝名将金兀术阶下之囚，赵构初封康王，四处避难，后在商丘称帝，史称南宋，迁都杭州。在浙江以“半山娘娘”和“浙江女子尽封皇”传说为著称，对其俗的来历也作出了相应的解释。

据《杭县志稿》：“相传倪氏女宋南渡初避寇，奔窜，蒙犯风雨疮痍而卒，里人葬之山中，金人南侵，神着灵异，撒沙退敌，封护夫人，建庙俗称半山娘娘。”又有传说讲小康王逃入了半山的山洞，金人赶到了，幸亏娘娘把一缕细丝倒向了洞口，因而结成了蛛网。金人看见蛛网满洞，晓得小康王决不躲在洞里，所以又远追了开去。而在郁达夫的游记《皋亭山》中则说："据说，金人来侵，村民避难入山，向晚大家回村去宿，独倪夫人怕被奸污，留居山上，夜间为毒蛇咬死。人悯其贞，故立庙祀之。所谓撒沙，所谓倒丝筐，都是由这传说里滋生出来的枝节，而祠为宋敕，神为女神，却是实事。"由于旧时代正统思想的影响，以为救护康王者，必为神，夸饰、掩埋真相，以致虚无缥缈长达八百多年。旧俗：附近看蚕人家每年二月至四月，常来烧香，有的购"泥猫"回家，以防蚕室鼠害。当地有俗谚曰："清明三月三，黄沙落满山。"又有传说讲康王受一村姑的救护，才躲过金兵的追捕，所以后来恩准浙江女子出嫁时，穿戴凤冠霞帔，乘坐龙凤花轿，并有俗谚曰："浙江女子尽封皇。"浙江女子出嫁这天，简直像皇后娘娘一样威风。头上有龙凤钗、燕子钗等前后围绕，曰："凤冠珠翠戴满头"；身穿圆领霞帔，束带朝裙。其乘坐的花轿雕龙绣凤，费工上万，俗称"万工轿"。

其二，风波亭上岳飞蒙冤，民怨沸腾愤愤不平。

岳飞的传说，家喻户晓，毋庸赘言。南宋偏安杭州，对外族侵略不思抵抗，苟且偷安，反而杀戮抗金将领岳飞等人。岳飞在杭州风波亭被害，狱卒隗顺潜负其尸，葬于钱塘门外的九曲丛祠。二十一年后孝宗即位，其冤案得到昭雪，以礼改葬于西湖栖霞岭下。秦桧是谋害岳飞的主凶，其妻王氏助纣为虐。传说秦桧在要杀害岳飞，但又找不到罪证的情况下，王氏从旁怂恿说："缚虎易，纵虎难也。"桧意遂决。万俟卨是秦桧的死党，为杀害岳飞出了死力。张俊原是大将，后来依附秦桧，同谋诬陷，杀害岳飞。人们痛恨这四个人，将他们铸成铁像，长跪在岳飞墓前，让见者唾之。

岳死后，人们出于崇敬，祀之为神。但宋代仅奉其为"土地"，地位不甚崇高。明人传说，以岳飞为张飞、张巡之后身，又称其代关羽为佛寺护法伽蓝。杭州灵隐寺在十八伽蓝神旁加塑关羽之像，护法伽蓝几成十九之数。至近代，据《北平风俗类征》记载："东岳庙有七十二司，相传速报之神为岳武穆，最著灵异，凡负屈含冤，心迹不明者，率于此处设置盟心，其报最速。"这样，岳飞则又为东岳速报司之神。岳飞之为神而入佛寺，同享香火，这是民间老百姓的诚挚愿望。

其实，岳飞坟前的四奸跪像，倒是宋高宗赵构的替罪羊和牺牲品。因为围绕着王位的得失而弃亲还是迎亲，始终是他踌躇不决的问题。一旦在奸臣的怂恿下定"弃亲"的决心之后，便狠心地杀害岳飞。赵构的人格决定他内心的阴暗。所以对南宋小朝廷的评价或平反，不能只看赵构一人，还应当看在他之后的孝宗皇帝的作为与功绩。正如古人有词:“千古休夸南渡错,当时自怕中原复。笑区区一桧亦何能,逢其欲。”

《皋亭人家》直刺高宗赵构的阴暗心理,揭示正史上难以寻觅的秘闻,尤其当年或后来在半山显孝寺做事的倪氏后裔,与韦太后多年接触中所获的信任,大胆指出朝廷人心浮动,大厦将覆的危机。韦太后警醒,急返临安后宫,亲召赵构,证实倪氏所言非虚,便勒令其毅然让贤,致使在毫无征兆时易帝。孝宗接位,以伸张正义,岳飞雪冤为契机,整顿吏治,时为南宋经济迅速复苏,急遽发展的直接原因,实为研究南宋文化打开了新的视野,提供了从不同角度看南宋的相关信息。

其三,立夏节吃乌饭祈求冤情大白于天下。

立夏尝新,是杭州民间品尝时新果蔬的饮食风俗。因立夏是夏季开始的第一个节气,时届春去夏来,天气日暖,万物欣欣向荣,大自然一片绚丽风光。这时候过冬的粮食作物已经成熟收割,新鲜的果蔬也能采撷登盘,西湖边樱桃透红,青梅滴绿,人们叩富不浅。立夏尝新,也便成为民间立夏节习俗之一。

立夏节,杭州民间尝新有两种说法。一说要尝“三烧、五腊、九时新”。所谓“三烧”,即烧饼(夏饼)、烧鹅、烧酒(甜酒酿);“五腊”,即黄鱼、腊肉、咸鸭蛋、海蛳、清明狗。清明狗是把清明节用米粉调和颜色做成狗形的糕点,用小篮子悬挂,任其干燥,到立夏节取下,用荠菜煮熟,给小儿吃,相传可免疰夏。“九时新”,即樱桃、梅子、鲥鱼、蚕豆、苋菜、黄豆笋、玫瑰花、乌饭糕、莴苣笋。苋菜在此时尚初生,稀而价昂,然旧社会店铺作坊供给其伙友者,是日必备,如不备,则以后苋菜就不许作为菜肴。黄豆笋,系一种细小的野笋,吃了说是可以助人之脚力。九时鲜中以鲥鱼最为珍贵,尤以富春江出水鲜鲥鱼更加驰名。《本草纲目》中说:“初夏时有,余月则无,故名鲥鱼。”鲥鱼肉质细嫩,脂肪含量极为丰富。鳞下特多脂,故烹调时,不去鳞,不宜油煎,不宜汤煮,以沸水稍蒸为佳,肉质特别鲜美。苏东坡有诗赞道:“芽姜紫醋炙银鱼,雪碗擎来二尺余;尚有桃花春色在,此中风味胜莼鲈。”二说立夏杭人必定要吃的十二种食物,好事者作立夏食俗谣说:“夏饼江鱼乌饼糕,酸梅蚕豆与樱桃;腊肉烧鹅盐鸭蛋,海蛳苋菜酒酿糟。”

是日,家家以乌饭叶之汁煮糯米而食,谓之乌米饭,实则即青精饭,道家认为吃了可以延年益寿。店铺亦有制糕出售,所谓“乌饭糕”。俗云:“吃白敬白,吃黑拉黑。”白与黑不仅是颜色的对比,而且是意义上相反势力的对比。通常白还往往带有正义的性质,它是光明的象征;黑往往是邪恶势力的代表,是黑暗的标志,很多民族及其宗教都有这种用黑和白表现的对立。所以立夏节吃乌米饭有着积极可贵的象征意义，人们往往祈求黑暗势力的消亡，吃之拉出便罢。

烧制乌饭，主要是用乌饭柴（江南山地一种灌木之物，也称稔树）的嫩叶捣碎取汁煎汤，然后掺糯米（也可以用粳米）煮成乌饭。另一法是用此汁汤浸泡糯米，半天后捞起放入饭甑蒸制。还有的加入柿叶、枫叶汁，为的是添香润色，使之多味而更加乌黑亮泽。乌饭可趁热食用，也可薄摊晾干，存之数日而色味不变，可作馈赠亲友的佳肴。2017年立夏节，半山娘娘庙烧制乌米饭，像腊八节送腊八粥一样送给香客和市民，受到广泛的欢迎与好评。

《皋亭人家》所采编的传说故事，内容丰富，体式多样，精彩纷呈，美不胜收。是为序。

（作者系著名民俗学家、浙江大学教授、
香港世界华人远程学院终身教授）

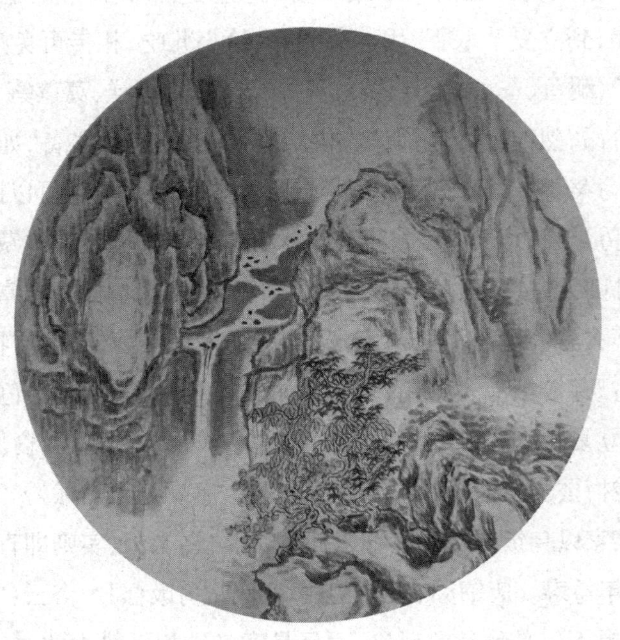

倪齐潮山水画

序　二

读《皋亭人家》有感

李定楹

丁酉新春，闻鸡起舞、笔耕不辍的关荣先生，把即将付梓的《皋亭人家》书稿给我，并嘱作序。我一向敬佩吴先生扎根基层文化阵地，对民间文学有一股挚爱之心，孜孜不倦在杭州城东南江（钱塘江）北山（皋亭山）的民间文学沃野上纵横驰骋，不断绽放横溢的才华，是一位卓然兀立、当之无愧的民间文学达人。要为他撰写的书稿作序，着实有不少困难，但经过审慎思虑，我还是勇敢地接受任务，因为这是我再次学习的机会。我抱着先睹为快和求教若渴之心，马上欣喜地赏阅书稿，慢慢地品咂丰满厚重的书稿，然后掩卷沉思，考虑从何处入手为他作序。通过粗读细思，我惊喜地发现，才思敏捷的吴先生，用那支生花的丹青妙笔，一气呵成地为历史文脉厚重的皋亭山、为国家AAAA级风景名胜增添了浓墨重彩的一页。

吴先生在《皋亭人家》一书中，用写史议事手法，通过对历史翔实考据，运用大量人证物证，从不同侧面，精雕巧镂、酣畅淋漓地向我们讲述倪家少女营救康王，千百年来备受族人敬仰和广大先民们尊崇的史实。同时记叙倪氏后人及皋亭山先民爱国爱乡、忠孝仁义、耕读传世、纯朴善良的故事，处处闪烁着人们对美好生活的向往和追求。吴先生用独具的慧眼和辛勤的汗水，为我们奉献了一份精美的文化大餐。

《皋亭人家》内容丰富、涉及面广，人物有血有肉，情节跌宕起伏，生活气息浓郁，意境回味无穷。因为吴先生长期潜心民间，扎根基层，又擅长汲取民俗文化精髓，倾听乡间民众心声，并努力把民情真情，融化在字里行间，所以本书始终滋润着浓浓的乡土气息、草木气息、农家气息、亲情气息……难怪一打开书本，心潮就随着书中人物时而欢欣、时而悲愤、时而扼腕、时而翻腾。与此同时，也充分领略皋亭山一带历史地理、山川河谷、民风民俗、生活方式、方言俗语、诗词碑文，根

不得一口气把它看完，进而拨开人们心头尘埃迷雾，发一番思幽怀古之情。我想，有缘捧读本书的人，也会有更多的同感。

常言说："萤火不是火，露珠不是珠。"现在有些人，时常把"萤火"当流光溢彩的灯火炫耀，把"露珠"当璀璨夺目的珍珠贩卖。对照一些枯坐书斋，凭空摇笔写些天马行空、东拼西凑、味同嚼蜡文章的人，怎么能同脚踏实地、深入民间、下笔有据的吴关荣先生撰写的文采飞扬、意境隽永的文稿相提并论。不过吴先生却总是说，我是一个土生土长的乡下人，我写这些乡土文章，也只是想告诉人们，无论何时何人，都要尊祖孝贤，敬畏历史，不能随心所欲，忘乎所以。哦！原来吴先生是在激励自己，永远爱国爱乡、敬业敬职、诚信友善，崇德尚善。因为倪氏后人，就一代代地在告诫子孙：做人要做老老实实的人，做事要做老老实实的事，千万不要把眼睛长在头顶上，更不要盛气凌人地欺侮他人，免得受到天地神灵的报应！

拜读《皋亭人家》后，我欣喜地感到，这本书写作风格，与吴先生撰写《皋亭山传说故事》的风格迥异，这不但彰显关荣先生知识渊博、文笔娴熟、多才多艺，而且证明他笔法老道，写作技艺日臻完美、炉火纯青。如今出一书不难，出一本好书则难。因为一本好书，不是有限的好，而是在岁月长河里，要经得起人们横挑鼻子竖挑眼，要让读者从好书中更加认识到人好。不了解古人会辜负了古人，但是只了解古人也会辜负自己。当我们在浮躁的现代社会中，要与古人发生碰撞时，我们不能无保留地继承古人，而要透过历史故事，把古人思想、意志、怀抱、情操、修养，有鉴别地接收传承，再提升一个新的高度。

值此春回大地，万物复苏，民间文学在杭州城东的沃土上蓬勃兴发之际，关荣先生带着传道者的使命，把《皋亭人家》奉献给这个美好的春天，实在值得可歌可贺。"宝剑锋自磨砺出，梅花香自苦寒来。"关荣先生写这本书，看似信手拈来，实则下过一番苦功。据我所知，他一直把写故事作为传承杭城东北文化、陶冶人们情操义不容辞的责任和担当。他写的故事涉猎历史地理、天文医学、帝王将相、才子佳人、僧道商贾、廉吏贪官、忠臣义士、文人墨客、学者名流、奸臣狱卒、神仙鬼怪、贩夫乞儿、市井村夫，所有人物，并以画龙点睛的笔墨，入木三分地勾出各自特点亮色，言传之妙，自不待言。像这样一位六十三岁当作三十六岁，始终执著追求，天天埋头撸起袖子实干的民间文学弄潮儿，怎么能不让人肃然起敬。经多次相约，盛情难却，是为序。

2017年3月10日

（作者系浙江知名诗词楹联专家）

前 言

皋亭山是一座历史悠久的文化名山，峰峦叠嶂，蜿蜒十里，是拱卫杭城的天然屏障。

皋亭山东邻余杭、海宁，与东海帆影、杭州湾大桥遥遥相望；南与江干、钱江新城、钱塘江大潮紧密相拥；西连京杭大运河、与杭州西湖、西溪湿地相依相伴；北靠新石器文化遗址中心——良渚。

皋亭山得天地灵气，聚日月精华，每年四季，更妆霓裳羽衣，各以青山翠松、生机盎然的绰约风姿，迎接向往的人们，来此呼吸高负氧离子的新鲜空气；在此登高眺望，尝尽探险、游览的乐趣；在此参与各种民俗活动，为传承、弘扬优秀民族文化接力；在此采撷历史文化碎片，能使人获取创作灵感，撰写脍炙人口的锦绣华章。这里，是让人尽情享受、品尝各种山区风味小吃和文化大餐的天堂；这里，是人们迷恋忘归，去而复返的人间仙境……

两千多年前，秦始皇统一六国，为显示皇道正统，带领文武百官上会稽祭大禹。在途经皋亭山前，因迷恋景色，故下诏在此栖息，与李斯上山狩猎，留下佳话。之后更有不计其数的帝王将相、忠臣义士、文人墨客、学者名流、僧道商贾乃至市井村夫，如朝圣般接踵而至，留下不胜枚举的不朽诗文、佳作……尤其是宋南渡之时，康王赵构遇险于此，巧被倪家少女所救，由此奠定了宋室中兴之大业。南宋定都杭州，赵构首崇祀封倪家闺女为“撒沙护国夫人半山娘娘”，并在半山立庙塑像，享受人间香火。自此，皋亭山声名鹊起，仰慕、缅怀半山娘娘忠烈孝义的四海人士络绎不绝。

近九百年来，以半山娘娘庙为基地开展举办各种地域特色鲜明的民俗文化活动，在传承、保护、弘扬我国优秀民族文化的活动中做出了意义重大的贡献，如：独具特色的“半山泥猫”“半山立夏节”等已经入选区、市、省、国家乃至世界级

的非物质文化遗产保护项目。

2015年由半山倪氏后裔经过酝酿和资金筹措，为完成倪氏先祖厘清倪家少女舍身救康王事情真相的夙愿，决定正式编写出版以倪氏先人世代相传的叙说为准的文字读本《皋亭人家》。

时至今日，在皋亭山区居住的人家几乎涵盖了百家姓中的大多数，他们为建设家园，在漫长的社会发展、生产实践中，都有非常骄人的业绩，可歌可颂。但是，若想全部给以展示，一则篇幅有限，再则水平、精力所限，只能有待时机来临，再逐一采访搜集、挖掘整理，汇编成册。

《皋亭人家》主要叙说皋亭山倪氏人家，自唐天宝年间，为躲避北方战乱之苦，部分倪氏背井离乡，从湖广襄阳迁徙至皋亭(半)山安家垦荒，耕读为本，忠义传家的事迹，依年代顺序所作简略描写。因年代久远，遗漏肯定不少。

《皋亭人家》的出版，相信为满足人们对半山文化的了解，了解倪家少女“半山娘娘”舍身救康王的历史事实，为传播辉煌的皋亭(半)山历史文化，传递忠清孝廉文化正能量，能起到积极的作用。

《皋亭人家》编委会

目 录

皋亭倪氏

名人遗踪

古庙新篇

民间习俗

皋亭倪氏

GAOTING NISHI

倪氏家族的祖训

晨整理，内外洁。
晚栓门，重安全。

粥饭羹，来不易。
寸丝缕，勤积攒。

简饮食，体强健。
理家俭，勿铺张。

祖宗远，诚祭奠。
敬高堂，问暖寒。

教子严，宠有方。
交友慎，义为先。

幼读书，长农桑。
人资材，非妄想。

颓惰性，家遭难。
施勿念，恩莫忘。

人喜庆，不妒忌。

人有难，不欢畅。

获收益，多分享。
名和利，不争抢。

国兴亡，与家连。
勿虚荣，不奴颜。

守本分，听天命。
人应此，安延年。

倪齐潮山水画

皋亭（半）山居倪氏

皋亭山以其悠久的历史记载着中华民族的灿烂与荣耀。皋亭山的天地灵气，聚日月精华，以独领风骚的青山翠松，生机盎然的绰约风姿，为世人钟情独爱，在此结庐，建设家园。因此，皋亭山很久以前就有先人在此垦荒、狩猎、从事农耕活动。但是，由于当时生产工具的原始落后，生产水平低下以及改朝换代的战乱，致使人口及经济发展速度非常缓慢，在相当长的一段历史时期里，皋亭山区一直都是人烟稀少的境域。唐天宝年间（公元742—756年），居住在湖广襄阳的倪氏家族为躲避"安史之乱"的战乱之苦，背井离乡，举家南迁。他们不远千里，历经诉不尽的千辛万苦，终于来到了地理环境理想，自然条件优越的安身立命之地皋亭（半）山。倪氏先人在皋亭（半）山定居后，除了从事垦荒种粮外，努力运用智慧的头脑，积极创造条件，筹措资金开办塾馆。使倪氏后裔扎根在文化的

老照片

沃土里以孝义传家，大多知书达理，少有文盲，成为皋亭山乡名望较高的耕读人家。倪氏后裔在世代沿袭的农耕活动中勤劳刻苦，不断地总结经验教训，不断地积累财富，不断地改良优秀的植物品种，不断地提高单季作物产量和单位面积产量。同时，不断地改进生产工具，逐步提高生产效率；并且利用得天独厚的地理优势，在上塘河边创办集市贸易，通过物资交流，从中赚取可观利润，使之成为皋亭山乡屈指可数的富庶人家。宋南渡之初，康王赵构遇险于皋亭山，巧被以耕读为本，忠诚孝义传家的倪家闺女所救。因此，才使宋室继承有人，保住了宋室中兴大业的根基。南宋建都临安（今杭州），康王赵构加冕称帝，因感恩倪家闺女为救他而英勇献身的壮举，遂首崇祀封倪家闺女为“撒沙护国夫人半山娘娘”，并在皋亭（半）山立庙塑像，享受人间香火。同时，赐封半山倪家“忠烈堂”匾额。自此，皋亭（半）山倪氏人家声名鹊起，仰慕、缅怀半山娘娘忠烈孝义的四海人士络绎不绝。

此后，倪氏后裔以娘娘菩萨为荣，讲忠勇，传孝义，深明“国家有难，匹夫有责”的道理，以保护娘娘庙的物质文化形态为荣，使之成为爱国主义的教育基地。他们每年多次举行“桑秧节”“立夏节”“娘娘庙庙会”“轧蚕花”等山乡民间习俗，为传承皋亭（半）山最具特色的地域文化做出了重大贡献。

“千载英名留半山，南宋韵事著皋亭。”倪氏后裔在世代交替的传承过程中，把保护娘娘庙的安全一直都作为头等大事。因此，他们为保护娘娘庙的安全可谓尽心尽力、恪尽职守。在娘娘庙建庙至今八百八十多年的历史长河中，娘娘庙

老照片

老照片

殿房除了年代久远，风雨侵蚀而正常坍塌及被日寇飞机投弹炸毁外，从无发生一起人为用火不当而惨遭灭顶大火的记录，这是多么的来之不易，多么的难能可贵！

20世纪末叶，皋亭（半）山及周边的倪氏后裔，在党的领导和各级政府的支持下，自发组成以倪洪校为代表的娘娘庙修复团队，怀着一颗赤子之心，出谋划策，历经千辛万苦，率先捐资并汇集民间善款，终于修复了一座飞檐走壁、雕梁画栋、气势恢宏的南宋古庙。

如今，皋亭山（半山、虎山、龙山）已和娘娘庙融为一体，打造成杭州城北具有“十里琅珰”之称的AAAA级国家森林公园，成为了杭州城北又一道亮丽的风景线。而在皋亭（半）山及周边居住的倪氏后裔们，牢记祖训，不忘初衷，爱国爱家，忠义孝廉，在创造物质文明的同时，努力传承弘扬中华民族优秀的非物质文化遗产，传递正能量，发挥着重要的作用。

倪氏闺女成神记

杭州城东北的半山有座娘娘庙，是因为这个半山娘娘救过南宋的开国皇帝赵构，引出了一段传了接近千年的佳话。真是庙小故事多啊！半山娘娘救赵构的故事，有许多版本，官方的，比较正统的说法是：北宋末年，金兵南侵，宋徽宗第九个儿子、宋钦宗的弟弟康王赵构南逃，途经杭州半山，一倪姓闺秀慈灵显赫，撒沙阻敌，后捐躯明志。绍兴年间，高宗皇帝首崇祀典敕封倪氏“撒沙护国显应半山娘娘”，立庙塑像，永享香火。

至于民间的说法，那就更多了，有说半山娘娘其实只是个采桑女，走投无路的赵构高叫“大姐救我”时，她从容镇定，把赵构藏在桑叶篓里，诓过追兵。又说半山娘娘实为乡村民女，因惧怕被兵匪奸污在林间受风霜疥癞饥馁而殒等等等等，不一而足。但不管是官方的民间的，虽故事情节不同，有一点却是共同的，这个女子姓倪。

半山娘娘像　沈春妮画

的确，在半山娘娘庙的山坡下，就有个倪家村，这个倪家村里的人都姓倪，他们一直把半山娘娘庙当做他们倪姓的家庙。庙几次因为天灾人祸毁了，大多都是他们倪家发起集资，出钱出力把它重建起来或加以修缮的。

笔者在撰写过程中，曾上百次走访邀约倪家门中的多位耄耋老人，倾听他们一代一代，口口相传半山娘娘的故事。

提起半山娘娘的这些故事，倪家门

中的老人总有一腔怒气。他们骂赵构是个逃跑专家；他们骂赵构杀岳飞，没安好心；他们骂赵构为了把自己打扮成真命天子，竟然忘恩负义，只字不提曾经为了救他而被杀身亡的民女，从而捧出个什么撒沙夫人。撒沙阻敌，不妨动脑筋想一想，一个弱女子撒把沙就能阻敌，那还会有靖康耻？徽、钦二帝怎会当俘虏？撒沙能阻敌，朝廷还要岳飞、韩世忠他们干啥？干脆就叫个女人去撒沙，大不了多撒几把沙好了。还有那些人乱编得更不像话，什么采桑女子把赵构藏在桑叶篓里。我们半山农家的桑叶篓是背在女人们身上的，赵构身子再瘦小，能躲得进桑叶篓？我们是本乡本土的倪氏后人，尽管那事离现在已经隔了很多个朝代了，可我们大人跟小孩说，一代代口传下来的，就是说我们老祖宗的说法是不会走样到哪里去！我们倪家的女孩救过赵构不假，那女孩就是那一代倪家"顺"字辈老三的女儿，在那个封建时代，女儿少有官名，家里人就将她"囡囡""囡囡"地叫她，而囡囡也无所谓，都是一叫就应。

皋亭(半)山瀑布　皋亭文化研究会提供

于是，几位老人就原原本本，把他们倪家老祖宗传下来的故事，说了一遍。我相信，这应该是最接近事实的版本了。

一、倪家小囡

到了唐朝天宝年间，为避安禄山造反之祸殃，倪氏人家不远千里，从湖广襄阳迁徙到皋亭山南坡定居。此时，倪姓人家就成为了依山傍水而居，家族人口最多的山乡人家。

见过大世面的倪姓人家，深谙文化精髓，且以耕读为本的倪家人在皋亭山安顿下来后，便着手为建设自己的美好家园，不断地垦荒，扩大耕种面积，同时，在族长的建议下，倪家人马上开始筹办私塾。通过大家齐心协力，很快一座像模像样的倪家私塾学馆诞生了，这为倪家后辈学文识字，从小就懂得礼义廉耻，创造良好环境，也为倪氏后人传承孝道，耕读为本的家风打下了坚实的基础。

至唐僖宗乾符二年(约公元875年)皋亭山前上塘河始建衣锦桥(俗名半山桥)，拓展南北官道贯通，桥北河岸两侧易货交易日盛，形成经贸繁盛水陆商埠，成为蚕桑良种传播的集散中心，其缫丝、织造技法辐辏大江南北，皋亭山南成为杭州城北的经济重镇。是时，倪姓人家"农商结合，家道昌隆"。

北宋政和五年，也就是公元1115年的农历五月初一日，在中原大地的东北，一个叫完颜阿骨打的人称帝了，他建立的国家叫金国。他从建国伊始，就虎视江南，妄图吞并中原，以求一统天下。可是，北宋的那个艺术家皇帝宋徽宗却对此视而不见，他仍在悠哉游哉地画着他的翎毛花卉，写着那一手漂亮的瘦金体的字儿，一边让臣子们去大搞花石纲，闲了去跟高俅们踢踢中国式足球。

这一年，对于普通老百姓，可谓是在苦难中煎熬。对于国家，却留下了一件记在史册上抹不去的大事。真不知天意还是巧合，这一天，倪家"顺"字辈排行老三，他老婆又给他生了个女儿。这对于已经有两个儿子的老三夫妇老来得女，也算是开心至极的大事，夫妇俩叫女儿只有一个爱称——囡囡。

七八年后，逐渐长大的倪家囡囡很快懂事了，而且还很乖巧。当她看到父亲终日辛劳，母亲艰难地操持家务的情况看在眼里，就想着像两个哥哥那样，为自己家庭做点事情了。通常囡囡守在娘的身边，尽力帮娘做些家务，有时也会跟着哥哥到私塾去(在封建时代女子是不能进学堂的)，她就在外面看先生讲《三字经》《百家姓》等课文故事，听得比谁都认真、专心。

十岁以后，囡囡就很少到私塾外面去听课了。十四岁后，她很羡慕哥哥的学习机会，常会仔细倾听哥哥们背诵的课文。有一次，哥在背诵什么"国家有难，匹夫有责"，囡囡不懂，请哥哥讲解，但又讲不清楚，弄得她哥哥只好拉了她一起找先生。通过先生的讲解，使囡囡听到了很多新东西，如什么国呀家啊，有国才有家……

囡囡很想像哥哥们那样学习文化，但处于当时重男轻女的环境，想到女儿身的自己，为此，她还暗中流过眼泪呢！可是她没有埋怨，还是默默地替母亲干活。她只要忙完家里的杂活，就会端坐闺房，背诵诗经，有时还会背着一把长长的竹耙，上山去耙松毛丝了。

皋亭山里马尾松很多，秋风起时，那松针落在地上一层一层的，一耙就是一大堆，用它发火可好了，火刀火石一打就着。没别的柴禾时，光烧松毛丝也成，烧起来“吱吱”声响，火苗还很旺呢。

倪老三家除了六口人（囡囡和父母、两个哥哥、一个弟弟），还有一张活口：一只花猫。原来他们家也跟半山附近的所有农家一样，季节到了，也要养几匾蚕，这也是他们家不可缺少的一笔收入。而凡是养蚕的人家，最怕的就是老鼠来祸害了。对付老鼠最好的办法就是养猫，所以凡养蚕的人家都有猫。

囡囡家养的是只花猫，还是雌的。爸妈叫女儿囡囡，而囡囡叫花猫就是叫“宝宝”。每回耙松毛丝回家，她就“宝宝”“宝宝”地叫，把花猫叫到怀里，她摸着它，跟它说着知心话。

有时家里没什么好给宝宝吃的，她就一定会挤出时间到山下的田沟里摸些小鱼来喂它。有时小囡即使自己忍着三分饿，就是不让她的宝宝饿肚子。“宝宝”也很争气，一到晚上，就守在蚕房里，趴在蚕匾旁边，警惕地睁大眼睛，不让一只老鼠出来作祟。

二、义救康王

建炎二年（公元1128年）二月初十，赵构择水路南逃，经海上入上塘河至皋亭山涌泉院（今龙居寺），因泄密，二月十四日被金兵重围涌泉院。

幸好赵构其他本事不大，这逃命的功夫不小，再一次在金兵的围捕中突围而出，回头一看，金兀术亲自领兵在后面穷追不舍而来。

眼看金兵越追越近，小康王吓得浑身颤抖，一不留神，竟从马背上摔落下来，再看那马却沿着山间小道狂奔远去。

这时，摔得鼻青面肿的赵构，知道在金兵的连续追杀中，那些亲兵侍卫必定幸存无几。而自己离开他们的保护，就将丧命在此，不由得仰天一声悲叹：“吾命休矣！”

正在近旁耙松针的小囡，听到赵构这声绝望的悲叹，吃了一惊，忙从树木的缝隙处往外看，见有个穿着光鲜，满脸血污的年轻人倒在地上，急忙走上前去把他搀扶起来，问了一句：“你有难事，命都没啦？”

赵构见囡囡一身旧衣服，可她身材条干好，脸盘子上的五官长得也好，一股青春的原始美，还是让她光彩照人。在这位姑娘面前，赵构本想把实情详细告知,无奈金兵追杀紧迫,用手朝东方一指道:“金贼追杀与我,请姑娘救吾!”

赵构梦遇神女图　吴关荣摄于半山博文苑

囡囡朝赵构看了一眼,觉得这人穿着华贵,不像轻浮浪荡之流,原想细问情由,忽听东方的马蹄声急骤响起,便手指路边的一个土坑,那地方原来有个树桩,村里有一人家没柴烧了,便把树桩挖出来,拖回家当柴火,在这里留下一个土坑,对赵构说:

“跳下坑去,蹲着别动,我设法救你!”

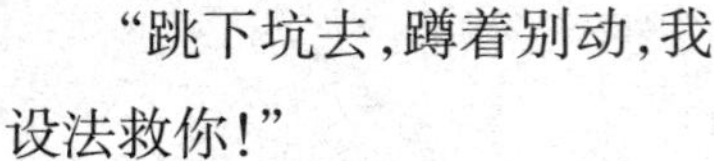

赵构双手抱头,老老实实地跳下土坑。囡囡抄起耙子,才三两下,就把旁边一大堆松毛丝扒到缩在坑里的赵构身上,把人盖得严严实实……

然后,囡囡从容镇定,面不改色心不跳,继续在一边耙着松毛丝……

眨眼间,犹如凶神恶煞的金兵马队冲到姑娘近前,像似领队的小头目大声喝道:“呔,尔见到康王赵构逃往何方?”

囡囡听了来者的问话,这才知道被救之人就是赵构。

赵构,囡囡听父亲说过,他是宋室国君,现在非常时期,抗金保国需要借他的大旗,去凝聚人气,形成抗金大势。嗯,这人重要,万万不可落入敌人手中。

于是,囡囡装着羞答答不便与外人搭讪的样子,随手朝西方一指说:“朝那边去了!”

金兵们信以为真,马队像一阵旋风似的扑向西方……

三、不幸罹难

赵构听得金兵蹄声远去,马上掀掉盖在身上的松针,爬出土坑,惊魂中感恩戴德地说:“多谢姑娘救命之恩,请问尊姓大名,倘若赵构有幸复兴宋室,定当报答!”

囡囡微微一笑,大大方方地说:“我姓倪,看到你危难,才帮了一把,我不是为了图你什么报答的。喂,金兵刚走,他们追不到你就可能很快转来,你会危险的!”

赵构听说金兵很快就会追来,哪有心思多说,便点点头朝反方向逃去,逃得越快越好。

大约过了还不到一炷香时(约半个多钟点),金兵马队向西追出了好几里地,直追到现在的杭州钢铁厂西边,远望已经是一片平原,却见不着赵构的踪影。

这时,金兵的统帅兀术知道上当受骗了。急忙返回半山搜寻,在山坡上发现了赵构留下的血迹,不由得一声悲叹:“天哪,又被他(赵构)溜了。”

于是,气急败坏的兀术在盛怒之下,就挥刀砍杀了倪姑娘……

日落西山了。往常,耙松毛丝囡囡早该回家了。第一个沉不住气的,是倪家那只囡囡的宝宝,它不安地四处跑着,到处“喵——喵——”地叫着。似乎,它已经闻到了什么气息,就领着囡囡的爸爸妈妈,向山上跑去……

他们看到好大的一摊血,看到了血泊里倒着的那个人,她正当鲜花一样的年龄,她来到世上才十五年,没有过上一天好日子啊。立刻,山谷里响起悲天呛地的哭声。那只花猫也在哀哀地叫……这时,才从不远的林子里,走出一个吓得脸色煞白的女孩。她是囡囡的邻居,也是在山上耙松毛丝的,刚才囡囡从救人到被杀,她全看见了,也把她吓坏了,现在看见来了这么多人,她才敢从躲着的树后走出来。她哭哭啼啼,把她看见的都说了一遍。从此,村里人都知道,倪老三家的囡囡舍命救的是康王赵构。十几天后,赵构已经来到海岛上跟金兵捉迷藏。北方人是旱鸭子,到海里往往吃大亏。天气也慢慢热起来,很多人病了,金兵这才退回到北方……

赵构在皋亭(半山)逃难图　吴关荣摄于半山博文苑

绍兴八年(公元1138

年)，南宋与北金国签订议和条约，金兵后撤了，赵构就回到杭州，在凤凰山大兴土木，建造皇家宫殿，当起了皇帝。

四、撒沙护国

在我国的封建时代，宣扬的是封建皇道正统：即天下为一人之天下，普天之功，非君皇莫属。如：韩元帅战胜金兀术的战略大决战，奠定了南宋朝廷的中兴基础，编了一则极力鼓吹赵构皇帝洪福齐天，冥冥中有神女相助的神话故事——

说的是南宋绍兴八年(公元1138年)上春，逃过皋亭山大劫难的宋高宗赵构，经过几年的招贤纳才，集聚起了规模相当可观的抗金力量。派人与北金国签订了丧权失土的议和条约。看到金国撤兵，赵构率领群臣离开绍兴，建都临安(今浙江杭州)，便钦点大元帅韩世忠在江苏镇江陈兵百万，抵抗可能来犯的金兵，以保卫当时的京都临安城，保卫南宋王朝半壁江山的安稳。

这韩世忠确是个大将人才，满腹经纶，虽文韬武略样样精通，但在积弊深重的北宋朝廷里毫无用武之地。眼前赵构初登皇位，人心浮动，国力甚微，国基甚是不稳。虽有韩元帅率领将士们同仇敌忾，杀敌时英雄顽强，无奈在江南水乡组建的宋军多以步兵为主，难与金戈铁马的金兵对抗。经过几次重大的恶战，纵然双方各有斩获，但对宋军更为不利，因为这时的韩元帅可动用的战争资源不多，实在打不起主动进攻的消耗战了。

因此，韩元帅改变了战略战术。他根据金兵远道而来，后勤保障困难，不宜久战，而南宋军士既占天时，又获地利，还有人和的具体情况。心想：我们取胜无需急在一时，只要拖上个一年半载，就够金兵喝一阵冰凉的西北风了，即使他们不被战败也要叫他们因久拖不胜，造成粮草不济而退兵，到那时我们再引军追杀，就可以彻底粉碎金国南侵的黄粱美梦，以绝后患。

于是，韩元帅率军退到长江岸边，掘地道，设埋伏，加固工事，据险御敌。

这一来，金国虽有强悍骁勇的骑兵部队，但由于缺少熟悉水性，能在水面上作战的部队，又缺少良好的渡江器材，只能是望江兴叹、隔江骂娘，以此行动来羞辱宋军，想让宋军将士一怒而仓促交战，达到他们速战速决的目的。

可是，这位韩大元帅岂会轻易上当？他对金国的恶毒伎俩置之不理，还严令部下不得擅自行动，违者，军法从事。

至此，虽是南北大军对垒，隔阵叫骂不息，却也见不到大的战事。

一日傍晚，韩元帅在大营帐内养神，恍惚中见有一位农家姑娘进帐而来，还自我介绍道："小女子奉上天之意，前来帮助大元帅挥师抗金杀敌。"说完就出帐而去。韩元帅还想询问几句，欲想请她坐下细谈，却不见了女子而醒。

之后，韩元帅几乎一夜不眠，脑海中始终萦绕着梦中的情景和那位神秘的女子，越想越感到诧异、好奇，殊不知主何征兆。

次日早晨，韩元帅在帅府议事时，把昨夜做梦的情景说给军师和众将领听，大家也都不解其意。因是晚间做梦，也就无人特别在意。

孰料过了不到半炷香的时间，朝廷委派的钦差大臣来到宋营，传达皇帝圣旨，意思是要韩元帅"上承天意，下合民心，即日择机出兵，攻打金营，痛歼敌军"。

赵构皇帝的这道密令，使韩元帅和众将士如蒙满头雾水，不知其意。谁也想不到从来都不顾问军中大事的赵构皇帝，怎么会一下子传令三军以弱斗强，以卵击石，向敌人发起自杀式的进攻呢？

原来，两天前的赵构皇帝在临安的皇宫里也做了个和韩元帅几乎同样的梦。那时他躺在龙床上，忽然看到不知从哪儿进来，好像又很面熟，但又记不起在哪儿见过的一位妙龄少女。不由得细看，只见她乌黑油亮的秀发上戴着用蚕茧外衣剪成的本白蚕花，全身上下穿着蓝印花布缝制的衣裤，三寸金莲似的小脚上穿着黑底绣花的船鞋，风姿绰约，袅袅婷婷地来到他的龙床前，敛衽一揖说道："我乃奉天帝玉旨，特来传谕皇上，速兴皇师大军，歼寇荡敌，届时自有神灵佑之。此乃天赐良机，不可失也，切记！切记！"说完便欲起身出宫。

这时的赵构虽在梦中，脑袋倒也清晰，便不失礼仪地问道："姑娘是何方神仙，如何称谓？可否留在宫中，待扫荡金寇，平定中原后，朕当册封尔为贵妃娘娘如何？"

这时，只见姑娘莞尔一笑，说道："君妾已是天隔两重，阴阳殊途。既然皇上动问，我就如实相告。妾乃民女倪氏，原在皋亭山西麓，被人们称为皋亭山南面的上塘河边居住，在父母百般宠爱的家中长大。不料金兵南侵，烧杀、奸淫、掳掠。君记否？四年前当你落难山中，就是贱妾为了救你，诓骗金兵追入歧途，恼怒的金贼知道受骗，便拿贱妾是问，妾被砍身亡。"

接着，姑娘续说道："这帮金贼人性泯灭，已到了天怒地怨，人神共愤的地步，是给其现世报应的时候了。"说完就体态轻盈地飘然而去。

赵构急叫“倪姑娘，慢走！”忙伸手去拉她，无奈一把拉空，大惊而醒，方知自己做了个不同寻常的梦，想想这个梦做得蹊跷，便了无睡意，是夜难以成眠。待到鼓敲五更，赵构披衣下床，提笔写成密旨，经火漆加封后，命人直送长江口的三军统帅韩世忠。

再说韩元帅和众高级将领看过皇帝的密旨后，对敌我的情势做了仔细的分析，判断，认为金兵虽然凶悍，但通过长时间的叫阵挑战，始终不见宋军的应战，总以为宋军不敢迎战，已自我陶醉在胜利的美梦之中；而宋军将士在金兵的辱骂声中，早已怒火填膺、且已养精蓄锐多日，趁目前士气空前高涨之际，正好借助皇令之威，彻底粉碎金国的南侵美梦。

于是，韩元帅急令三军在校场秘密集合，发下令旗后，三军分数路悄悄地向江北攻杀过去。

宋军这次出乎意料的攻击，使毫无准备的金兵一时间被杀的措手不及，损失惨重。

不过，骁勇善战的金国骑兵的确训练有素，金国统帅更非草包，他立马能在混乱不堪的，极端不利的情势中审时度势，力挽狂澜，在极短的时间内以难以想象的速度稳住阵脚、整顿起溃散的队伍，作困兽垂死般的疯狂反扑。

不多时，战场形势就发生了不利于宋军的逆转。

以水步军为主的宋军，抵不住金国骑兵的攻击，在金国骑兵方队的连番冲杀下，伤亡惨重，只得节节败退，直退之长江水边。在前有追兵，后无退路，眼看就要全军覆没的危难时刻，忽然漫天刮起了猛烈的偏南大风，裹着长江边的芦苇、野草的枯枝烂叶，特别是裹着岸上的黄沙，吹向攻击中的金国骑兵，使所有金兵将士双眼难睁，分不清东西南北，更辨不清攻杀自己的宋军士兵。而这阵莫名其妙的大风还越刮越大，吹得金国士兵人仰马翻，使正盛的攻势一下子发生了逆转，陷入了任人宰割的绝境，纷纷被绝地反击的宋军斩于马下。在这混乱不堪的情势下，金兵统帅自知败局已定，无力回天了，便带着十八个亲信马弁和残兵败将落荒而逃，退入扬州城中喘气。

宋军统帅韩世忠抓住这个千载难逢的时机，挥师挺近，急追二十里，斩获金兵将士无数。这是金国南侵以来遇到的最大的一次败仗，极大地损伤了部队的元气，也严重挫伤了继续南侵的锐气。此战，奠定了南宋中兴的政治基础。

五、皇恩册封

韩元帅大战获胜，向朝廷报捷，细说此战获胜全赖神女相助、三军将士奋勇杀敌之功，奏请皇上给予功高者论赏册封。

赵构看着捷报，觉得南宋中兴实肇于此，回想昔年落难半山时的救命之恩，再看今日大破金营的国运，吾不借此机会，敕封倪氏姑娘为“撒沙护国显应半山娘娘”，一则了却倪氏救吾的苦心，再则借此彰显吾的皇道正统，哈哈，一举两得。于是，宋高宗赵构欣然命笔，写下“撒沙护国显应半山娘娘”十个大字，命匠人雕刻成匾额，送往皋亭（半山），并由朝廷出资，在半山建庙祭祀，让倪氏姑娘享受人间香火。同时敕封皋亭倪氏为千乘郡“忠烈堂”。

赵构到半山娘娘庙进香　吴关荣摄于半山博文苑

君命下达，仁和县衙不敢迟误，即刻亲临皋亭，与倪家族长商量建庙事宜。经过约十来天协商，其他事情基本解决，就是庙址立于山顶，还是造在坡下，或是建于山腰，一时难以确定。

这日，恰逢有位手拿布幔，号称张大仙的路过半山，族人提议请他来看看风水，选择庙址。

来人坐定后，在品茗时倾听了大家的陈述，当即提笔在宣纸上写了：

长在山顶嫌太高，建于坡下又尘嚣；
不偏不倚居中好，只是峦峰半截腰。

之后，还笔于架不拿测算费，不要主人家招待点心，也不打招呼，便扬长而去了。

仁和县令和倪氏族人看过风水先生的题词,觉得很有道理,便一致同意将庙址选在囡囡被金兵杀害的地方。

于是,一条衣锦桥至半山腰的卵石路径开始修筑,山坡上也大兴土木,建造半山娘娘庙的工程正式上马了。等到一年后,殿房落成时,又去请了一位塑神像的老师傅。那个师傅倒是个很不错的好人,她听了囡囡义救康王的事迹后,非常敬佩。他照着长得跟囡囡很像的小囡模样,把半山娘娘的眉眼五官,塑得跟活着的囡囡一模一样。然后,把她戴上凤冠,给她穿上最漂亮的绣衣……第一个承认那神像就是囡囡的,还是倪家的那只花猫。不知道为什么,在白天,不需要它到蚕房里值守时,它都爱到半山娘娘庙里来,寸步不离地依偎在半山娘娘神像座下,一直到它老死。的确,它就是老死在半山娘娘的神像下的,而且,这只猫在死后,还发生一件奇事:它不烂不臭,一直保留着那个姿态,就像展览馆里的标本一样,化成一个干尸,永远陪伴着它的囡囡姐姐……乡亲们被它的深情感动了,人们就一直把它保留在那里,让囡囡与宝宝一齐享受着人间香火,一道成为蚕农们心中的保护神……不久,在半山娘娘座前的花猫,经常出现七彩光芒,神奇极了……

此后,半山倪氏后人取山中泥土,依照花猫的样子塑造,放置在供桌上,祈祷娘娘菩萨保佑蚕农好收成,并将泥猫请回家去放在蚕房里。不知是泥猫神似活猫,还是泥猫通神的缘故,反正再也不见老鼠到蚕房里作祟。这镇鼠的效果奇

撒沙夫人庙记　吴关荣摄于半山博文苑

特呢！

再说半山娘娘庙落成后，杭嘉湖一带的养蚕人家，的确把倪氏囡囡敬为蚕神，每逢农历五月初一日，都要扶老携幼地来半山进香，祈求半山娘娘保佑家道平安，五谷丰收。同时，人们还把在娘娘殿开过光的半山特产——泥猫请回家去，放到蚕匾上镇邪避鼠，成为当时蚕房里的一道奇异风景。

所以，直到今天，人们若到皋亭半山娘娘庙里，还能见到象征娘娘宠爱的"宝宝"卧身在娘娘菩萨神像膝下，蚕家的保护神——半山泥猫。

宋·赵构(石刻)　吴关荣摄

倪家忠勇两兄弟

倪家囡囡因为救赵构被金兵杀害后，他两个哥哥别提心里有多悲痛了，他俩牙齿咬得咯咯响，发誓这辈子要杀他七八个金兵来为小妹囡囡报仇。因为他们听那个目睹那场惨剧的堂妹说，杀姐姐的那队金兵有七八个，究竟有几个，她说她那时吓得半死，也没数具体有多少个，那我们也就至少杀他七八个，求个大抵相当。那几天，岳飞的岳家军正在杭州城里招兵，兄弟俩甚至都没跟父母说，偷偷赶去报了名。

"名字？"报名处的人问，一口的河南口音。

"我叫倪云，我弟弟叫倪雷……"哥哥报了两人的名字。

"怎么能跟我们元帅的两个公子同名？换两个名字！"那个老兵有些霸道，他喝了起来。

"怎么就跟岳元帅的两个公子同名了？谁不知道元帅大名鼎鼎的两个公子，一个叫岳云，一个叫岳雷，我们是倪云倪雷，是你们北方人舌头太长，'岳''倪'不分……"倪云不平地分辩道。

那老兵想想也是，他不跟他俩计较了。态度也就和气了一点，他问道：

"会武功吗？"

倪云摇摇头。弟弟倪雷在边上说：

"我们也后悔了，小时候真应该学一点……"

"那会什么？"老兵还要问。

"我们俩都会杀猪。逢年过节时，族里的杀猪佬忙不过来，常叫我们俩去帮忙，去帮忙有肉吃。你看，他还送我们俩一人一把杀猪刀……"倪雷说着从腰间一个小皮套里抽出一把杀猪刀。

"中，这功夫军营里也用得着。"看着兄弟俩二十郎当年纪，都有一副好身板，那老兵有点喜欢他俩了。“这样，就把你们俩编在前营，跟着我们元帅的大公子岳云，跟在他马后。行军时帮他背着擂鼓瓮金锤，一人背一个，等他要上阵时才把锤递给他……”

兄弟俩你看看我，我看看你，又一齐望着那个老兵：

“那我们背锤的，有金兵杀吗？”

那老兵摇摇头：“谁都知道，元帅的大公子少年英雄，那双锤使起来，有万夫不当之勇。在阵上，他舞动双锤有如秋风扫落叶，只怕轮不到你们两个跟在马后的杀了……”

大郎庙里的倪大郎塑像　吴关荣摄

不过，看到兄弟俩有些失望，他又加了一句：

“你们有杀猪刀正好有用，有些被大公子的锤带到一下，打得半死不活的，你们上去补一刀……”

“那能算我们杀？”

“算你们杀。”

这样，兄弟俩才开心起来。

在岳家军里，有著名的“八大锤”，这“八大锤”让金兵闻风丧胆。除了岳云的两只擂鼓瓮金锤，还有狄雷的两只镔铁亚油锤，严成方的两只青铜倭瓜锤，何元庆的两只八棱梅花亮银锤。这八大锤若是一齐上阵，有山呼海啸之势。后世把它搬到戏台上，成为最威武、最热闹的武打戏。那时候戏台上八根雉鸡毛飞舞，十六面各色小旗招展，颜色、形状不一样的八大锤让人眼花缭乱，整个戏园子立刻会响起一片震天的喝彩声。可是锤这种兵器有个缺点，他不像刀啊剑啊放进鞘里背在背上或悬挂在腰间，行军时带着它太不方便了，就连放在马鞍上都觉得碍手碍脚，好在使锤的都是将领了，就专门选个力气大的士兵来背着，就像当年的关公老爷专门叫周仓替他背青龙偃月刀。这回，岳云就特意吩咐管招兵的，给

他物色两个心眼灵的，又有力气的小伙子替他背锤。

从今后，小将岳云身后，就跟着倪家兄弟了。岳云不喜欢他俩的名字，他俩的名字跟岳云岳雷的名字太接近，叫起来别人以为是在叫自己，平时他就叫他俩“背锤的”，需要单独叫其中一个人时，他就“背锤哥”“背锤弟”地叫。倪家兄弟也乐意这个新称呼，世界上能有几人当得了少年英雄岳云的背锤哥背锤弟的？

岳飞的第四次北伐就要开始了。兄弟俩这时才穿着新军装回家向父母道别。倪老三看见儿子有出息了，顿时老泪横流。当时，半山娘娘庙已经快竣工了，兄弟俩看到那个塑神像师傅塑的半山娘娘竟然跟活着的妹妹一模一样，就像是妹妹复生了坐在神坛上，这对他俩多少是个安慰。他们站在妹妹的像前，在心里默默地说：

“妹妹，我们俩就要出征了。你放心，我俩一定会英勇杀敌，为你报仇，我们一定杀够七八个金兵，不给倪家丢脸……”

就这样，倪家两兄弟跟着岳云，跟着整支岳家军，渡过长江，开始北伐。他俩跟着岳云，各人背着一柄不轻的擂鼓瓮金锤。白天，他们仨围在一起吃饭，夜里，

半山二郎庙　吴关荣摄

GAOTING RENJIA

他们仨同一个帐篷睡觉。他们仨年龄相仿，意气相投，慢慢地，岳云招呼他们时，少去了“背锤”两个字，而是直呼“哥”或“弟”了，因为他的年龄正好夹在两兄弟中间。有一回路过一个关帝庙，三个人还真的进去正儿八经地拜了关公。兄弟俩变成兄弟仨了。

进入河南后，先后打过几仗。他们发现，岳云的前营里，有岳云亲自挑选、亲自训练的五百个“背嵬”刀牌手，他们一个个身材高得像铁塔，骑在高头大马上，一手持盾，一手挥舞大砍刀。上阵时，这五百骑先是不声不响，放在中军后面。待到岳云右手锤向上一举，他们就一声呼啸，飞马跃出。跟着岳云的双锤，排山倒海般地掩杀过去。金兵的什么拐子马、铁浮屠，一冲即溃。在颍昌，他们遇到一彪金兵，兄弟俩跟着岳云，打了生平第一战，把背着的锤递出后，他们立刻抽出自己的杀猪刀，没头没脑地跟着背嵬刀牌手冲将上去，金兵兵败如山倒。他们还真遇到被岳云的锤打得半死不活的。倪云毫不含糊，把那个正在地上打滚的金兵就当一头猪，他用左膝跪住那家伙，左手按住他的头，右手的杀猪刀朝他咽喉里捅将进去……眼见那家伙不会动了。倪云大喜，立刻向着倪雷大叫起来：

“弟弟，我干掉一个了，不难，把他当猪就是……”

弟弟倪雷于是满场寻找，还真找到一个没有死的，他如法炮制，也得手了。是役，他们一人干掉一个，给他们在完成在妹妹灵前发的誓言“我们也杀他七八个”开了个好头。在他们向开封进发的途中，又打了几次小仗，两人加起来，已经杀了五个金兵。就连岳云也觉得兄弟俩的“杀猪功”有时还管用。他说，以后我们八大锤聚在一起了，另外三个使锤的也都有士兵给他们背锤，他要把所有背锤的士兵都集中在一起，每人发一把杀猪刀，由兄弟俩传授他们杀猪功。

朱仙镇之战是岳飞第四次北伐的最后一战。此役是岳家军继颍昌之战后的全线进击，可以达到包围开封的目的。七月十八日，张宪、徐庆、李山、傅选、寇成一干统制都带本部人马赶到；同时，王贵也从颍昌府发兵，牛皋的左路军也赶到了，对开封的包围已经形成。八大锤的其中三个大将都在这几彪军中，他们听说岳云已经先到，就兴冲冲地赶了过来，八大锤又一次聚齐了。

怎么也没有想到，在这节骨眼上，金兀术竟然放弃了开封，而是把所有的兵力全部集中到开封城西南约四十五里的朱仙镇。于是，岳家军包围了朱仙镇。

这朱仙镇是跟广东佛山、湖北汉口、江西景德镇齐名的中国四大名镇之一，当时也有完好的、坚固的城墙。金兀术之所以放弃开封，是因为开封太大，他的十万兵力防守起来反而造成兵力分散，不如守一个小一点的朱仙镇更容易集中兵力。而且，朱仙镇的存粮更足，便于他们多守几日以等待援军。

岳家军一到，就拉开了与金兀术决一死战的架势。七月二十二日，将士们一早，就吃得饱饱的，在朱仙镇外的开阔地上列好了阵势。

岳云与严成方、狄雷、何元庆四个人身披盔甲，手里已拿着各自的家伙，骑在高头大马上，威风凛凛地立于军阵的最前沿。他们的马后，是号称"鬼见愁"的岳云的五百背嵬刀牌手的骑兵阵。倪云倪雷兄弟和另外几个"背锤的"也人手一把杀猪刀，夹在他们中间。再后面一点，是浩浩荡荡的岳家军的大阵了。正当中，立着一竿高高的大纛，上面一个令金兵看到就浑身发抖的大大的"岳"字。在这面大纛下，众星捧月似的，由众将护卫着的，是端坐在马背上，三绺长须在风中飘拂、威风凛凛的岳元帅。

在这个强大的军阵面前，金兵没有出城门列阵，他们的什么拐子马、铁浮屠，都没有出来，因为无数次的实战表明，所有这些对岳家军全没有用。他们全部龟缩在城里，依靠坚固的城墙死守。

你缩在乌龟壳里，我就对你没奈何了吗？金兀术，你想错了。只见岳元帅手里的杏黄旗这么轻轻地一摇——

于是，大地抖起来了。这地方没有山，有山的话，山肯定也在摇。是大炮响了。岳飞新设了一个炮营，由当年的梁山好汉轰天雷凌振的孙子凌统率领。是他们的轰天雷响了。

军阵前，烟雾弥漫。老半天，烟雾才散去。立刻，岳家军欢呼起来，因为那城墙已经被轰开老大一个口子。岳元帅看自己的马已经能从那口子里跃得进去了。于是，他的杏黄旗又一挥……

战鼓震天价地响起来。

第一波冲出去的是八大锤和五百背嵬刀牌手，当然还有倪家俩兄弟。他们虽然没有骑马，但他们练出来了，就凭两只脚，不会落到太后面，他们要尽量跟着少将军岳云，就等着"杀猪"哩。要知道，离他们的誓言，离他们向妹妹保证的数字，还差两头猪呢……今天，可一定要完成！

突然，只听前面"轰"的一声，在大起的尘土中，一马当先的少将军，他们的岳云兄弟和好几个刀牌手都不见了。原来，歹毒的金兀术，仗着自己早来几天，在城墙下挖了不少陷马坑。坑挖成后，在上面架着几根细树枝，树枝上蒙着一块

二郎庙供奉二郎的牌位　吴关荣摄

布，在布上撒上些土，一眼看去，与平地毫无区别。那战马的蹄一落上去，就连人带马陷下去了。

“不好，哥，岳云哥哥陷坑里去了，快去救他！”倪雷惊叫起来。

于是，兄弟俩把杀猪刀插回腰间，向着尘土飞扬的前方跑去。现在，就是天塌下来，他们也不管了。

就这时，城墙上一声呼啸，突然冒出许多金兵。金兵果然训练有素，刚才的炮惊天动地，他们居然没有跑。现在，没被炮炸死无数金兵突然出现，城墙上，居高临下，密如雨点的箭射下来。好在，没有陷在坑里的背嵬刀牌手每人都配有盾牌。但倪家兄弟没有盾牌，也没穿盔甲。不过，现在有没有盾牌对于兄弟俩都一样，他们对于那飞蝗一样的箭雨视而不见，这时他们已经冲到坑边，他们的注意力全部在他们的岳云兄弟身上。他们看见，坑底里的少将军先是扔出他的两只锤，然后站在已经骨折，永远出不了坑的马身上，高举着两只手，试图爬上来。可是，这坑挖得太深，一时半刻上不来。就在这时候，有四只手向他伸下来了。他当然知道这是谁的手。这种时候，只有兄弟，才会向兄弟伸出援手。于是，他的两只手被伸下来的四只手抓住了。兄弟俩死命把他往上拉。拉着拉着，岳云看到有大量的鲜血顺着那四只手流到自己的两只手上，再流到自己头上，脸上，身上……但是他们没有松手，还在用他们最后的一丝生命的力量，把他往上拉……

终于，他们成功了。出了坑的岳云看见已经躺在坑边，一动不动的倪家兄弟，他俩背上，密密麻麻地插着箭，就像两只刺猬……

岳云的眼睛红了，他有盔甲，那箭雨依然在飞，可一时半刻伤不到他。他捡起来自己的两只锤，双眼红红的。突然爆出一声大吼：

“金兀术，还我兄弟！……”

于是，他跟着另外的六大锤，跟着自己的背嵬刀牌手，迎着已成强弩之末的箭雨，向着那个大缺口迈开大步……

于是，金兵兵败如山倒，死伤大半。金兀术带着他的残兵败将，仓皇北逃。

打扫战场时，倪家兄弟被马革裹尸，埋葬在涡河岸上。

就在岳元帅准备誓师渡过黄河，要直捣黄龙府时，宋高宗连下十二道金牌，把岳家军招回去了。

班师时，岳云再一次来到涡河岸上的两个新坟边，他热泪满面，他的嘴里，发出喃喃的声音：

"兄弟，我有一种预感，这次回京，我的下场可能很不好。我估计我们很快又能见面了。到那一个世界里，我们再在一起，白天围在一起吃饭，晚上钻同一个帐篷……"

历史证实了岳云的预感。回杭州后，岳飞父子，大将张宪被昏君奸臣害死了……

岳飞父子被害后，战功卓著的岳家军被朝廷改编了，原来岳飞部下那些战功赫赫的将官，不但没有升官封赏，还被统统降级或是遣散了，在岳家军中受信任，敢担当的忠勇之士都遭到了恶意排斥，若谁吐露出为岳家父子抱不平的话语，立刻就会遭到残酷的迫害，使得谁也不敢再提岳家军里的过去往事，生怕说"岳"倒霉。因此，在岳云身旁的倪家俩兄弟，为救护主将岳云，战死沙场的情景还有谁敢与人论说，致使他俩的英勇壮举尘封了许多年。

可是，这下苦煞了半山里的倪家人。因为没有倪云、倪雷兄弟的消息，他们经常不断地派人四处打听，却始终得不到确实的音信。

等到岳飞平反，告慰忠魂的时候，倪氏俩兄弟的英勇事迹才公之于世，并得到朝廷的追认，并由户部出资向半山倪家补发了战殁者抚恤金。

这时，倪家人才知道从他们村子里走出去的倪氏兄弟是好样的，忠勇可嘉的，大家在悲痛之余，一致决定：将朝廷发放的抚恤金分列两份，给大郎和二郎各自都建个相应的座位——大郎庙和二郎庙，以展示倪家耕读为本，功于国家的业绩，启迪后人传承发扬优秀的倪氏家风。

孝义感天倪三郎

据皋亭(半)山周边的老人们说,救康王赵构的少女倪小囡有两个哥哥和一个弟弟。

自从可爱的小囡为救赵构被金兵杀害后,她两个哥哥(大郎二郎)为了给小妹报仇,也为了保家卫国,决定投军上前线杀金兵去了。

他俩在投岳家军之前,特意找到三弟(三郎)说:"三弟,我俩要去投岳家军杀敌了,是为了替妹妹报仇雪恨去的。这家中的二老双亲就拜托你养老送终,还有续传家门香火的事也指望你了。"

倪三郎听了两位哥哥的话,眼泪汪汪地举手对天发誓道:"大哥二哥,你们放心去吧,我一定会照你们说的去做的,对待父母双亲,我定会恪尽孝道的……"

的确,三郎没有食言。比如说:他知道老爹喜欢吃肉,就常到集市上去买肉,这回一个蹄髈,下次一块腿精,使五六十岁的老爹吃得一天胖过一天。三郎看到壮成双下巴的父亲红光满面,心里高兴啊!有一次,他听说城里的东坡肉很好吃,就专门去杭州城的"楼外楼"买了一大块东坡肉,又怕肉冷掉味道差了,就解开棉袄的前襟,把那块用荷叶包裹的红烧肉焐在胸前,然后拔脚就朝家里跑,据说他跑回家里,那块肉真的还是热烘烘的。

倪三郎塑像　吴关荣摄

每当三郎看到妈妈心里还一直惦念着小囡姐姐,他就隔三差五地把妈妈扶到半山娘娘庙里，让她去看看神坛上的小囡，让她面对神像默念几句心里话，以消除她心中的郁闷。

却说那年头的人们大多不懂什么医学知识，以为肉吃多了对人体大补，总认为一个人红光满面是精神焕发的好事。因为，那时的人没有血压这个概念。

有一天，三郎的老爹平白无故在家里跌了一跤，扶起来后，人就站不住，动不了。老人家一张脸歪到一边，嘴抖着，就是说不出一句话。他老伴吓得大哭起来："老头子，你怎么啦？……"

这种病三郎听人说过，叫中风。于是，三郎抛下所有的农活，把老爹背到小船上，自己划着小船，划到打铁关、武林门，再背着老爹，进了杭州城，去看杭州城里最好的先生。

那辰光三郎苦了！每天一大早，他都把老爹从床上抱到堂前的躺椅上，躺椅垫得软软的。他给老爹喂水喂饭，妈妈药煎好了，由他亲自喂；爸爸大小便弄身上了，他没有半句怨言，他洗啊，擦啊。同时，他还四处打听。只要打听到哪里的郎中先生医术好，他就背着老爹往那里跑。药吃了一种又一种，可是爸爸还是站不起来，还是说不出一句话。而他妈妈，则是四处烧香拜佛，什么上天竺，什么灵隐寺……

谁料，屋漏偏逢连夜雨。忽一日，就在光天化日之下，家里突然闯进来一伙强人，一个个凶神恶煞，他们把要上前拼命的三郎逼到一边，捂住正在大喊大叫的妈妈的嘴。他们拿两根长长的竹竿绑到躺椅上，把老人抬起就走。三郎在一边大哭大喊："我老爹病成这样了，你们抬去干嘛？快放下他，我跟你们走！……"

强人头儿在他面前，一字一声地说："我们不要你，我们要的就是你老爹。听着，不许报官！我们要是知道你报官了，我们立刻撕票！听仔细了，你早不要来，晚不要来，半个月后，到赤岸埠来接人！"

说着，这伙强人竟把这样一个病老头抬走了。倪三郎在他们身后大喊：

"别抬走我老爹，你们要多少钱，说呀！我会去借、我会去乞讨呀……"

那个强人头领扔下一句："半个月后再说……"

不久，那伙人就立刻消失到树林中去了。

天啊，怎么又是"请财神"？我家交的是什么运啊？这些歹人怎么就连一个半条命的人都不放过？倪三郎抬头问天，天没有回答。

21世纪初恢复的鲁村庙　吴关荣摄

族人们闻讯赶来，只见倪三郎抱头大哭。此时，还有人证实了强人的话，说赤岸埠那一带，是有一伙强人，仁和县的官兵还去围剿过。可是，官兵一到，这些强人往密林里一钻，上哪里去找他们？

三郎知道，这些强人是非常讲“信用”的，他不敢去报官，而且报官也没有用。他也不敢提早去。他只有苦熬，一天又一天扳着指头数。他妈妈一直在身边唠叨：他们会给老头子喂饭？他们会给老头子擦身子？老头子，你可受苦了……他妈妈说：“我们还是去筹些钱吧。”三郎摇摇头，他们又没有报数目，若他们狮子大开口，你垫得满他们的黑心？

终于熬过去十五天。三郎上了小船，他身上没带一文钱，毅然决然地向赤岸埠划去。岸上，妈妈和几位族人眼泪汪汪地送他。

一个时辰后，赤岸埠到了，这里的上塘河南岸，就是那座豪华的班荆馆。不过，由于岳飞已死，宋金两国好多年没有打仗了。金国也多时没有来过使节，班荆馆里冷冷清清。上塘河北边，有几块大大的红石头镶嵌在赤红色的岸边，特别醒目。据说，赤岸埠就因此而得名。那几块红石头后面，就是皋亭山密密匝匝的树林。倪三郎把小船停在一块红石头下，红石头边一个头戴斗笠身穿蓑衣，一直在钓鱼的人抬起头来了，只见他冷冷地说了一句：“你来了？跟我走吧……”

于是，三郎就跟着那个钓鱼人，走进了元宝溪边的一条林间小路，钻进那个黑沉沉的密林里。走了半个多时辰，来到一片林间空地，空地上有几间大小不一的茅棚，看来这里就是土匪窝了。

他们进了一间大茅棚。茅棚正中，坐北朝南，放着一块大石头，上面坐着一个文质彬彬的中年人，脸色淡黄，留着三绺胡须，手里摇着一把黑纸扇。他的两边，排着八个大汉，就是那天闯进家来的那几个凶神恶煞的人。倪三郎奇怪了，就这么一个文质彬彬的小老头，怎么镇得住那八大金刚？

“这么说，你是山大王了？”倪三郎说，他一点也不害怕。

那小老头点点头：“算是吧。”

“我爹呢？我是来赎人的。我们用不着讨价还价了。我已经跟我妈妈商量过，今后，我妈妈就住到山坡上的茅屋里，我就打一辆木轮车，车厢是个大木箱子。白天，我就拉着我爹去寻访名医，反正我一定要治好我爸的病。晚上，我的车拉到哪里就在哪里睡。路上我就讨饭，讨到一口，先喂我老爹，要到两口，我自己再吃一口。如此，我家的房子、田地，全部归你们，我什么都不要了。我想，这总够了吧？反正再多，我也拿不出来了。我倾家荡产，你们满足吗？”

“成，像个孝子说的话……我不明白，由我们把你爹那半条命也折腾没了，你会减掉多少累赘？罪名由我们担去，你则一身轻松，岂不是大好事？”那山大王把黑纸扇悄悄收起，正拿在手里比比划划。

倪三郎把脸板下来说：“你这是人说的话吗？我们这里是孝义之乡，我们倪家耕读传世，就是忠义人家，岂能大逆不道、欺师灭祖。在离我们这里不远，有个地方叫丁桥，古时候那里出个叫丁兰的人，他双亲没有了，他就用两块木头，刻成他的双亲模样，每天就把两个木头人当做双亲来侍奉。他这个刻木事亲的事迹编入二十四孝故事，成为千古美谈。我老爹好歹也比丁兰刻的那个木头人强吧？这样的父亲我如果不好好侍奉，我能算是个人吗？好了，我们立文书交割吧。我太想见我老爹了……”

说来奇怪了，三郎对面的那个山大王把纸扇在手心里拍着，为他的话连连喝彩道：“你是说你的家产全部归我了？”

倪三郎毅然决然地说：“可以立下文书。”

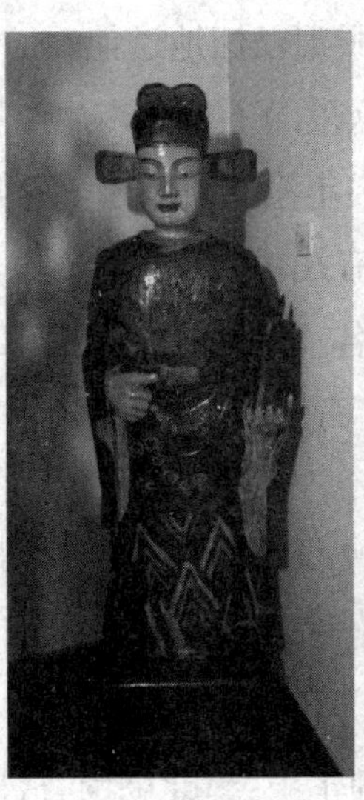

三郎庙里的文判官
吴关荣摄

三郎庙里的武判官
吴关荣摄

"那我连那辆木轮车都要了！"

"那不行，我要拉我老爹去求医，去要饭……"

那个山大王站起来了，他微微笑着说："因为你用不着那辆架子车了，你老爹会走路了，他的病好了，你已经用不着到处去求医了。好了，出来罢……"

于是，纸扇又在手心里拍着。这时候，倪三郎真的不相信自己的眼睛了。他看见他爸爸一身华服，在一个青年"土匪"的搀扶下，正一步一步，从里间走了出来。

"三儿！……"并且，父亲会说话了，他正在呼唤儿子。三郎大步上前，一下子抱住了父亲。

"儿啊，快谢谢安大王，他是我们的大恩人，是这位安大王治好了我的病，他是好人啊！他是神医呀！……"

已经在云里雾里的倪三郎向那个一直在笑眯眯的小老头跪下了，嘴里连连说着：

"谢谢安大王，谢谢安大王……"

"还是叫我安叔叔吧。我这个山大王很不称职。三郎贤侄，快起来，快起来，我叫安明哲，当年的梁山好汉神医安道全就是家父。家父的一应祖传秘方和他那套普天下独一无二的银针都传给我了。宋金对垒时，我一直在岳家军里任随军医官。我认识你的大哥二哥。你二哥行军时崴了脚，还是我给他治的呢。朱仙镇岳公子陷落进陷马坑时，我就亲眼目睹他们两兄弟不要命地冲上去，要不是他俩弟兄舍生忘死，朱仙镇能不能获得大捷都难说呢……"

"那你们怎么会在这里的呢?"倪三郎完全迷糊了。

"秦桧在杀岳飞前，把岳家军全部拆散，改编掉了。岳元帅被杀后，我联络了几个原来在岳家军里志同道合的朋友，一起开了小差，我们来到杭州后就候在这赤岸埠，因为我们听说只要金国的使者住在班荆馆，秦桧就必定要来这里会见金国使者。我们想，只要秦桧来了，我们就在这里袭杀他。可惜秦桧一直不来。我们要过日子，不免也做些打家劫舍的勾当。不过我们下手的都是乡里一些为富不仁的人，而且我们绝不要人性命。前些日子我们看见上塘河里，三郎的小船经常载着父亲走过，一打听，原来是军中大英雄的父亲居然得了中风病，而英雄的三弟又是如此孝义，于是，你安叔我就动心了，反正我们还要在这里等秦桧，反正我们闲着也是闲着。可是，这病又不是吃几帖药就治得好的。除了吃药，还要用

银针每天针灸几次，打通他的经络。所以，我就让几个兄弟上门去把老先生请进我们的山寨。这半个月，让贤侄担惊受怕了……好吧，你安叔叔准备了一点酒水，我们一起去喝一杯，一来为孝义动天的倪三郎压压惊，二来大家一起来庆祝英雄的父亲身体康复……"

到这时候，倪三郎的梦才完全醒了。

当父子俩酒足饭饱回到半山倪家村时，山乡沸腾了，大家都说是好人有好报；也有人说，是半山娘娘暗中保佑的结果。反正，这以后，倪三郎是比以前更孝顺他爹了。他像丁兰"刻木事亲"那样孝敬父母，几十年如一日从不懈怠，直至送老归山。

许多年后，也就是皋亭（半）山乡的人们，得知倪家大朗二郎为国捐躯的消息，为纪念两郎的忠勇事迹，在上塘河畔修建了两座庙宇（即大郎庙和二郎庙），四邻八乡的人们又募捐集资，修建了一座既不是佛教的庙，也不是道教的庙，而是为传承孝道文化，供有三郎塑像的三郎庙。

三郎庙和其他庙一样，多经毁建，新中国成立后被移作他用。

直到20世纪末及21世纪初时，这些具有历史印记的庙宇，由善男信女们募捐出资重建。此时的二郎庙建在上塘河北岸，而上塘河南岸，大概是为了节约宝贵的土地资源，将大郎庙和三郎庙及鲁村庙合建在一起，以供人们怀念、祈福，成为传承保家卫国、礼仪孝廉等优秀民族文化的民间活动场所。

村里有一位老先生为庙写有一副楹联，道出此中真谛：

如来老子孔子三教同一源，
大郎三郎鲁村三方驻一庙。

倪二姐和她的猫

倪囡囡的堂二姐嫁到离倪家村三里的甘棠村，也是一户桑蚕之家。所以，家里也养了一只猫。这只猫名叫小花，一身黑白相间的花，可爱极了。对于蚕农来说，家里的猫就是生产工具，是非常珍贵的。所以，即使在不养蚕的季节，倪二姐有些走动，也常常抱着她的小花。不明就里的人以为这小妮子在学城里的那些贵妇人，抱着只宠物猫赶时髦哩。其实，是倪二姐不放心把它留在家里，因为她有个不靠谱的邻居。她的邻家是荷花塘有名的烂脚秀才黄三泰，仗着他有个舅舅在仁和县衙里当师爷，这黄三泰也就不好好做生活，平日里在乡里专门做些代写诉状，包打官司的勾当。他有几个儿子，从小不学好，爬树掏鸟窝，上房堵烟囱，什么坏事都干，倪二姐怕她的猫在家里受人欺负，出门就都抱着它了。

其实，倪二姐的走动，也走动不到哪里去。她无非是回倪家村看看上了年纪的爸爸妈妈，进娘娘庙看看小妹的神像。反正就两三里路，一转眼就到。她妹妹生前，就跟她讲得来，妹妹被金兵杀死那天，倪二姐就哭得昏死过去了。现在，小妹上神坛了，她还是隔三差五去看她，跟她说说话儿。妹妹的神像脚下，也依偎着一只猫，那是已经老死的囡囡的宝宝，它不臭不烂，就一动不动地依偎在已经化为神的主人的脚下。而小花一被二姐抱进娘娘庙，它会立刻跳上神坛去，它一声又一声地叫着，似乎想唤醒它的伙伴，跟它一道去抓老鼠。二姐的小花可会抓老鼠了，什么样的老鼠都逃不过它的利爪。如果猫们有抓老鼠比赛，二姐的小花肯定得金牌。

那一天，二姐抱着她的小花刚刚回家，还没有进门，人就被她的邻居黄三泰拦住了。

“是二姐嘛，你可回来了，有句话我得跟你说，我本来想跟你打官司的，咱们仁和县的公堂上见。想想毕竟是邻居，抬头不见低头见的，犯不着打官司了。就

是你家的猫昨天晚上，把我家养的老鼠咬死了，这事你看怎么办？”

“什么？你家养的老鼠？你们家养老鼠？”倪二姐当是自己听错了。

“我家的老鼠吃我家的粮食，不就是我养的吗？我家的老鼠可不是一般的老鼠，一只只都是锦毛鼠。看过《七侠五义》了吗？那大名鼎鼎的白玉堂，就是锦毛鼠变的。我家的锦毛鼠再养两三年，就都变成小白玉堂了。何其金贵？这事你说怎么办？”黄三泰望着眼前的美人，一脸皮笑肉不笑。

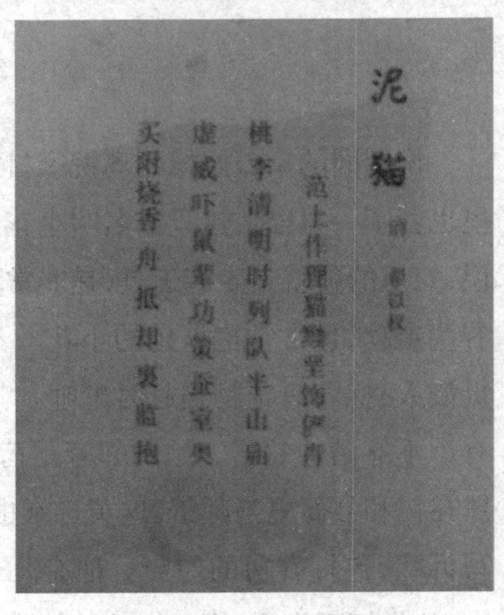

半山黑白泥猫照片　倪连庆提供

“那你说怎么办？”倪二姐一脸正色。

“都是邻居，不至于撕破脸皮。这样，你向我赔个不是，这事也就算了……”烂脚秀才越挨越近。

“怎么个赔法？”倪二姐问。

“上我家，我那大娘看见不方便，上你家，你那老公撞进来也不好。要么，我们上那边的林子里去？……”

倪二姐抡圆了胳膊，“啪”，一个脆响的耳光打到面前那张皮包骨的脸上。然后，二姐转回身大步走进家里。倪二姐那个气啊，怎么会让自己摊上这么一个恶邻居！……她真的羡慕古代那个孟子的母亲了。邻居不好，就可以搬家，据说就因为邻居不好，孟母搬了三次家。自己一个农家，现在真想搬家，可怎么搬得了？傍晚，老公从桑田里回来，她把这事跟老公说了，她老公一听火冒三丈，就要过去论理，二姐把他拉住了。她说：“算了，我反正没有吃亏……”

可是，百密难免一疏，夜里没有管住猫。第二天，他们家的猫就不见了。眼看就要洗匾养蚕了，可不能没有猫啊！夫妻俩正在寻猫时，围墙那边，黄三泰的声音响了：

“你们不要找了，昨天晚上你们家的猫又要来吃我们家养的老鼠，被我儿子打死了。听广东人说，猫肉很好吃的，我们炖了吃吃看……它吃我们家的老鼠，我吃它，两不亏欠，就是对簿公堂，我也有理在先……”

二姐的老公抄起一根棒子，要冲过去，又被二姐死死地抱住了：“他们家有三四个小痞子，你这一过去，不明摆着吃亏……况且，天一天天暖和起来了，春光一刻值千金，一户蚕农，误了这几天，就会误了一个季节，一年的收入，可就指望这几匾的蚕啊！跟这种人，咱惹不起，避得起，忍吧……”

很快就进入蚕农家里最忙的季节了。倪二姐看着他老公因为心痛她，每天晚上，都是他，抢着到蚕房里去守夜。猫没有了，他就拿一根竹竿，一头剖开，一夜到天亮，时不时拿那破竹竿在地上敲几下，用那声音去吓走老鼠。晚上睡不好，老公的眼睛都红了……

趁着采桑叶，倪二姐偷时间进了娘娘庙，她要把一肚皮的苦水向小妹倾诉啊。

当天晚上，二姐做了一个梦。梦里，小妹对她说：“姐，你不是会做泥塑吗？你何不用泥捏一只猫，摆在蚕匾旁，我保你照样能吓走老鼠……”

第二天，倪二姐还真的捏了一只泥猫，将信将疑地把它摆在蚕房里，当晚，倪二姐让累得不成样子的老公回房去眯一下，她自己给蚕匾里加了桑叶，就坐在角落里打起瞌睡来了。

迷迷糊糊之中，倪二姐忽然听到一声声的猫叫。立刻，她睡意全无：是我的小花回来了？可是，它分明是被烂脚秀才吃掉了呀。于是，她拨亮了灯芯，不大的蚕房里，哪里有什么猫？

可是，她刚刚回身坐下，猫又叫了。噢，是自己匆匆捏的那只泥猫在叫，是它用猫叫的声音来吓走老鼠。她想起昨晚上梦里妹妹的话，她明白，是妹妹在帮助自己……

原来，囡囡妹妹的魂还真的附在半山娘娘的神像上，而她养的那只猫在它老死后，它的魂，也舍不得囡囡，一直不肯去转世投胎。转世后的猫就有可能再也见不着囡囡了，它舍不得，不肯去，就一直附在那只死猫身上。所以那只死猫才不烂不臭。就是说，那只死猫生理机能没有了，可它的精魂没有散。所以，倪囡囡的魂儿对猫的魂儿说：反正你也没有什么事，你帮帮我的忙，晚上，到我二姐家的蚕房里去，去附到那只泥猫身上，就助她几声猫叫，吓吓老鼠……猫“宝宝”答应了小囡的要求，于是就有了这一幕。

不用说，这一季的蚕，倪二姐是高枕无忧了。

可是，他隔壁的烂脚秀才奇怪了，隔壁这人家没有了猫，可照样把蚕养得热火朝天。有时到晚上，还听到了猫叫，难道他们家又养起了猫？可是，猫是关不住的啊，怎么从来没有看到过他家的猫呢？他让一个会爬墙的儿子晚上去探个明白。儿子回来说，是他家一只泥猫在叫。黄三泰大吃一惊，那有会叫的泥猫？那不就是宝贝了？这人家穷虽然穷，倒是拿得出宝贝。这种会叫的泥猫，放到河坊街，还不卖大价钱？一不做二不休，他叫儿子晚上干脆去把泥猫偷来。反正自从有了泥猫护蚕后，一到夜里倪二姐家的蚕房里就没有人了。黄三泰的儿子想，到没有人的地方去偷一只泥猫，还不是手到猫来？

可是，那只泥猫进了黄家，就一声也不叫了。黄三泰气得扔到地上，不过是一堆泥，里面什么也没有。而看看隔壁那个漂亮的女人，看见泥猫没有了，她就又捏了一只。反正不要钱，山上挑一担黄土，有好几百只好捏了。晚上，那猫叫的声音，就连黄家都听得见。

于是，黄三泰拎了一包点心，赔着一张笑脸，踏进了隔壁人家。自然，男人下地料理他的桑田去了，只有女人在蚕房里忙。

“大妹子，忙着呢？都是隔壁邻居，我想想是我不对，上回不该吃了你家的猫，我向你赔不是来了……”黄三泰不愧是人话鬼话都会说的油讼师。

倪二姐冷冷地说：

“用不着。”

黄三泰一眼就看到蚕匾旁边的那只泥猫，他说：

“喔，手真巧，捏得真像，晚上就连我家都能够听到猫叫声。我就纳闷了，这泥猫怎么会叫的呢？我家孩子多，要是也能捏出一只会叫的泥猫，孩子们可就开心死了……”

倪二姐一本正经地说：

“这有何难？你们读书人就没有听到过一句话？叫心诚则灵！你什么坏事都不要做，什么乱七八糟的念头都不要有，泥猫捏成后，一边念着口诀，一边虔诚地向它顶礼膜拜，它受到感应，到晚上，它就会叫了。要还不叫，就再拜，一个树桩，也会拜成精的……”

“哦，原来这样……你说还有口诀？”黄三泰问。

“当然。你记住口诀：‘猫祖宗猫祖宗，孙子黄三泰，给你养老送终。’就这么几个字，谁念就报念谁的名字……”倪二姐尽量忍住不让自己笑，她说。

“真的？你这一套哪里学来的？”黄三泰问。

“当然是真的。要不，泥猫在我家就会叫。不信吧，你晚上来听。是半山娘娘托梦给我的。你知道，半山娘娘是我堂妹妹啊！”

这一来黄三泰信了，他点头哈腰地道谢，他也要回去捏泥猫了。家里发大财，就在此一举了。

可是第二天，他垂头丧气地对倪二姐说：

“昨天晚上，我拜了大半夜，拜得腰都痛了。就连我家大娘都骂我神经病了，可那只泥猫就是不叫……”

倪二姐还是忍住不笑：

“可能就是你家大娘骂坏了！还有，心里一定不要有坏念头，比方想着发财啊什么的……”

“哦——”黄三泰长叹出声。

这一年，倪二姐家的蚕茧大丰收。而她家泥猫赶老鼠的事，也传遍了四乡八村。从此，倪家村的人添了一项副业：捏了泥猫放到半山娘娘庙里去卖，生意一直都很好。蚕农们在拜过半山娘娘后，都爱请只泥猫回去。

据说，有一年，嘉兴有户蚕农专门来参加每年一次的半山桑秧会，选购好桑秧苗后，特意去参拜半山娘娘，拜完，看见庙里的小泥猫蛮可爱，就请了一只回去，摆在蚕房里。没想到，主人家在后半夜听到蚕房里“嘭、嘭”的两声大响，不知道发生了什么事情，急忙开门进入，见到两只大老鼠被咬死在地上，惊讶得大张着嘴半天合不拢。

这个泥猫咬鼠的消息不胫而走，而且还越传越神。到了每年的清明节前后，从嘉兴、湖州赶来娘娘庙烧香，请泥猫的人特别多，经常供不应求呢！

至于那个黄三泰，一心想求泥猫开口发声，因为每天夜晚拜泥猫，拜出个腰椎间盘突出，人都站不起来了，他的讼师也当不成了……

韦太后尝醋莲子

韦贤妃肖像　沈春妮画

在杭州半山，有一个说法："先有娘娘庙，后有显孝寺。"不管显孝寺名气有多大，半山娘娘庙就是比它早。这个说法是对的，尽管这两个庙都是赵构拿国家的钱来造的。但那个半山娘娘庙却是赵构在定都临安，首宗祀典时出资建造的，其目的无非是向世人表明：朕的真命天子就连上天都承认了，要紧关头就连神人都来相救，来了位撒沙夫人，她撒沙阻敌，救了朕。朕因此上封她为半山娘娘……赵构这样做，无非是宣扬他的皇道正统，使他那把失而复得的龙椅坐得稳当。至于显孝寺，则是在十年后的绍兴十二年(公元1142年)，宋金和议达成，根据与金人的和议，赵构杀了岳飞，金人才放赵构的生母韦太后回归宋土。

那年五月初一，赵构大张旗鼓，兴师动众，用了半副銮驾，亲自赶到临平，把韦太后迎回杭州，根据母亲的喜好，才大兴土木修了这个显孝寺。从这个寺名就可以看出来，赵构无非是想用这一招把杀岳飞后失去的民心唤些回来，树立自己是天下第一大孝子的形象。

刚开始，赵构甚至想把显孝寺当做他们老赵家的家庙。但庙建成后，发现这么大一个庙，如果仅仅作为皇帝一家子的庙，未免过于冷清，赵构听从主持月明和尚的建议，才对公众开放的。这个月明和尚可是个了不起的人物，赵构是让吏部像挑选一个翰林学士一样，从四川挑选过来这么一个和尚。根据冯梦龙的说法，他自幼出家，五戒具足，佛学高深，能参透一个人的过去、现在、未来三世，所以不久后在杭州就演绎出度柳翠的故事，让显孝寺名扬天下，一下子压下了灵隐、天竺、净慈诸寺，使得显孝寺成为杭州第一丛林。

于是，韦太后就成为显孝寺里的常客。这位天下最为显贵的老太婆就十天半月要摆驾显孝寺，到寺里来烧烧香，听月明和尚讲讲经，吃一顿斋。尽管从经济上来说，寺庙里肯定不会吃亏，太后每回布施的香火钱，就不是一笔小数目。可是，这毕竟是接待一个皇太后，可不能有一丝一毫的闪失。就太后那顿斋，让月明和尚伤透了脑筋。

比方，第一次太后要来显孝寺，打前站的老太监前一天就来寺里打招呼了。他说，平时，在宫里，太后也吃素，按皇家的规矩，中餐要上三十六道素菜。太后吃不吃得了是另一回事，这个数字可是不能少的，而且不能有重复，就这一句话，那月明和尚道行再高，也吓了个半死。天啊，我一个寺庙，可比不了你皇家的御膳房，我怎么弄得出三十六道素菜？这一来，庙里那几个火头和尚就叫苦连天了。火头们说，我宁可你吃荤，那时我们大鱼大肉鸡鸭牛羊轮番上，三十六道菜难不住人。可你吃素，那年头可没有反季节蔬菜，又没有冰箱，运输也不方便，我怎么给你弄三十六道素菜去？

一个大活人，能让尿憋死？月明和尚让僧人们四处寻访，看能不能从民间找到高手，来解决这个难题。别说，苦心人天不负，他们还真从皋亭山里的倪家村，找到一个三十八岁的叫李门倪氏的农家大嫂，听说是每隔十天半月给韦太后做一顿素菜，就答应愿意来试试。月明和尚就说把人带来罢。人来了，月明和尚一看，人长得清清爽爽的，就让她炒几个素菜，那菜也做得不咸不淡，不生不烂，色、香、味俱全。问她做三十六道素菜的打算，她说她们老李家平日就是做豆腐卖的，可以在豆腐上大做文章。另外，花些工夫去挑些野菜，什么荠菜呀，马兰头呀，水芹菜呀，皇宫里可没有这些东西，太后一定喜欢。还有就是山珍，什么金针木耳野山菇，寺庙里可以早做准备。当然，什么莲子呀米仁呀，也应该准备着，到时候上几个甜点，反正是凑数的事……月明和尚听她说得头头是道，就答应用她了，当下就量了她的身材，为她去做一套带发修行的比丘尼的海青，到时候穿上了，好让太后看了喜欢。

别说，月明和尚慧眼识人，这个倪氏他真没有看错。韦太后来了几次，对庙里给她做的素菜非常满意。其实，皇太后出宫，就是出来换换口味。在宫里，虽说御厨每顿给她上三十六道菜，可御厨们也实在变不出花样来，天天是香菇木耳，天天是打翻豆腐摊，吃得老太婆嘴里淡出个鸟来。她吃了倪氏给她炒的马兰头，那都是倪氏亲自去皋亭山上采来的，那个嫩呀，那个鲜呀，那个爽口呀。还有，最后那道甜点，那一小碗的莲子羹，那个火候，烂烂的，她每回都吃得碗底朝天。太后高兴啊，到第三回，太后就要召见她了，她要看看，是谁，做得这一手好菜！

这样，李门倪氏第一次进了寺庙里专门给太后收拾的经堂。韦太后看了一眼走进来的李门倪氏，只见她生得五官端正、眉目清秀，那乌黑的头发挽了一个大大的发髻，一身蓝布海青，虽然刚刚从厨房里出来，可浑身上下收拾得干干净净。太后立刻喜欢上她了，就问道："你叫什么名字呀？"

"民女娘家姓倪，夫家姓李，没有嫁人前，都叫我倪翠莲，民女的娘家在半山村……"倪翠连答道。

"哦，你读过私塾吗？"

"回太后，小女子没有拜过先生，也没有正式进过私塾。"

"咋，哀家咋见你不像没有墨水的呢！"

"太后，民女的娘家是半山村里的大家族，素以耕读传家为本，族中祖上也从唐代起就开办私塾，可是，那是男人的天堂，女孩是不准进去的。不过，啊啦作为长房长孙，幼时深得族祖宠爱，先生喜欢。因为，啊啦进出方便，所以，才认了几个字。"

说着李门倪氏正要下跪，就被太后叫住了：

"别，又不在宫里，我最讨厌那些礼数了，看上去哀家也不过比你大个一二十岁……你坐。"

太后接着说："你们倪家那儿，村子漂亮。再往上一点，就是半山娘娘庙。"韦太后来兴致了，"哀家跟圣上曾去给半山娘娘上过香。那个半山娘娘撒沙护国，是大宋的功臣……"

倪翠莲摇摇头，显然，她是下了很大的决心：

"救万岁爷的，就是说万岁爷的命，可是啊啦倪囡囡的命换来的呀……这句话哪怕是粉身碎骨，今朝啊啦也要说了。天理昭昭，我堂妹不能死得不明不白啊！……"

韦太后不啻是听到一个响雷：

“半山娘娘不是撒沙夫人吗？不是她撒沙阻敌吗？……她不是仙人，能撒沙救得了大宋国吗？”

这件事憋在倪翠莲心里十来年了，做堂姐的心里一直憋屈啊！这时，她实在忍不住了，就脱口说道：“救万岁爷的是耙松毛丝的倪囡囡……所有倪家村里人是都知道的。可是，他们不敢说……今天，我就是要捅破天了！冤枉啊！万岁不肯说出实话，这不太让人寒心了吗？”倪翠莲满脸是泪。

“罢！罢！罢！你说吧，哀家听着……”韦太后望着她，长叹一口气。

于是，倪翠莲像竹筒倒豆子，把事实真相说了出来——

那是宋建炎二年（公元1128年）农历二月中旬，赵构在金兵的连续追杀中，逃到皋亭山时又马失前蹄，跌在地上血污遍身，绝望中悲叹：“吾命休矣！”

恰近旁耙松针的倪囡囡听到，抬头看见有个穿着光鲜，满脸血污的年轻人倒在地上，急忙上前扶起了他，问他何事。赵构见是乡姑，便实情告知：“金贼追杀姑娘救吾！”

囡囡朝赵构看了一眼，觉得这人不像轻浮浪荡之流，原想细问情由，忽听东方的马蹄声急骤响起，便手指路边的一个土坑（那地方原来肯定有个树桩，村里人哪一家没柴烧了，才花些力气把树桩挖出来，拖回家当柴，在这里留下一个勉强能够躲人的土坑）对赵构说：

“跳下坑去，蹲着别动，我设法救你！”

赵构双手抱头，老老实实地跳下土坑。囡囡抄起耙子，把旁边一大堆松毛丝扒到缩在坑里的赵构身上，盖得严严实实……

眨眼间，凶神恶煞的金兵马队冲到姑娘面前，问囡囡有人逃往何方，囡囡诓骗金兵逃往西方。

金兵信以为真，马队扑向西方，久追不见赵构踪影，已知上当，回马山里怒杀了囡囡。那时，她才十五岁呀！这件事，倪家村人都知道，可是现在，做皇帝的认为靠一个普通民女救他有损龙颜，做大臣的即使知道实情的，也不敢说。所以，堂妹到底是怎样死的事就没有人敢说了。可是这样，如何向后人交代呢？

就两个人的经堂里，顿时没了一点声音。

好久好久，才听到韦太后又长长地叹了一口气：“赵构有赵构的难处……他只是先皇的第九个儿子，那皇帝怎么轮也轮不到他当。赵构做皇帝是为了名正言顺，才要把自己说成是天帝的安排，天神相助。当然，有些事情我也说不清楚，好在，赵构还有点良心，把为救他而死的倪氏敕封为“撒沙护国显应半山娘娘”，也算给有个交代，让她享受人间香火。反正他是皇帝，爱怎么说就由他说去吧。这件事就到此为止了……哀家下回来，多带些银子来，你拿去给她爹妈，补贴家用吧！……”

倪翠莲后退了两步，连连摇着手：

“太后误解我意思了，最难的日子都过去了，我们不会要一两银子的，太后知道真相，我们就心满意足了。好了，我们什么也不说了。反正乡亲们都已经把半山娘娘认做我家堂妹了。乡亲们心里有她，我们就知足了。韦太后到半山来，让民女能够好好伺候太后……”

韦太后一把搂住了倪翠莲，她的手还在她背上轻轻地拍了两下。这一来，两人更近了。以后韦太后每回来，她都会把宫里带来的宫女赶得远远的，而只把倪翠莲叫到身边说话。就连道行极深的月明和尚，也参不透两人的缘分。

这一晃又过了很多年，韦太后吃了已经记不清楚多少次倪翠莲给她炖的莲子羹了。两人的关系形同姐妹，尽管年龄差距有些大。韦太后毕竟是女人，女人都是喜欢向人倾诉的。可是，她贵为太后，真的是高处不胜寒，在宫里她又要拿腔作势，有心事了连个说说话的人也没有。她一到显孝寺，人就彻底解放了。倪翠莲又是那么善解人意。有时，太后仅仅因为想跟人说说话了，她就会想到显孝寺里来。倪翠莲仍是个带发修行的比丘尼，白天在寺里忙，晚上还回家住。太后不来她不来，就连她老公都说她仿佛是那个太后的什么人。倪翠莲说，你不知道，他们皇家，也有皇家的苦衷，我有时候，甚至都怜悯起他们来了……

他那做豆腐的老公又吹胡子瞪眼了：

“那个赵构值得怜悯？就凭他杀岳飞，这个人就失去了怜悯的资格！你两个堂弟何其忠勇，他有一句话没有？……”

倪翠莲叹了一口气：

“不是我怜悯他，是他妈妈怜悯他。每回来，太后都说，其实，赵构也是个最苦的人，只是世人不知道他的苦……吃起莲子，她会说，莲子莲子，就是母亲连着儿子……其实，那个‘连’字，应该改成‘怜悯’的‘怜’……”

那几天，杭州城里，忽然变得人心惶惶起来。

原来，北面的金国，换皇帝了。原来那个海陵王完颜亮，谋皇篡位成功，当上了金国的皇帝。他上台的第一件事，就是一把撕毁宋金间的和议，正在准备大规模的南侵。那完颜亮是个比金兀术更凶残、更穷兵黩武的家伙。用岳飞父子的命换来的二十来年的太平日子，眼看过到头了。所以，这几天的南宋朝廷里，惶惶不可终日。

这天，韦太后心事重重地又来到显孝寺。现在，她每一次来，她还是把宫里带来的使唤宫女赶得远远的，而全程由倪翠莲侍候。倪翠莲基本上不用下厨房了。除了最后那道甜点莲子羹，其他的菜都由那些火头和尚们炒了。莲子羹最难的就是火候，太烂太硬都不好吃，还得由她去炖。

于是，倪翠莲搀扶着老太后，缓步走进观音堂。倪翠莲给老太后点了三支香，并且扶着神色凝重的老太后在观音大士前跪下。只听她沉缓地说：

"救苦救难的观音菩萨，你就怜悯怜悯我儿子吧，老身是怜悯他，可是老身的怜悯没有用。我儿子知道，又一次要大难临头了。可是，这个节骨眼上，满朝文武，竟没有一个挺身而出的。他文没有出谋划策之臣，武没有统军杀敌之将。为此，我儿子心事重重，茶饭无味，夜不能寐，这样下去，他撑不了几天了！观音菩萨，你怜悯怜悯我儿子罢！……"

说到最后，韦太后已经声泪俱下。把韦太后搀进经堂后，倪翠莲悄悄地去炖莲子羹了。

吃饭时间到了，老太后由她的贴身宫女扶到那张大大的餐桌前。有些冷菜已经上了，而热菜就一批批地、陆陆续续上了，显孝寺已经接待出经验，一切都是轻车熟路。可是，今天的太后却几乎没有动筷子，是太后心情不好，这是没有办法的事。她儿子茶饭无味，她能吃得下吗？

最后，倪翠莲捧着一小碗莲子羹上来了。

这时，韦太后闻到一股酸醋味儿。她的眉头一下子皱起来了：

"什么？醋莲子？"

站在她面前的倪翠莲明白无误地点点头：

"是的，今天民女冒死，请太后吃一小碗醋莲子，是想告诉太后，你错——怜——子了！值此国难当头，太后不能再怜悯儿子了，该怎么办就怎么办，要还是继续我们的妇人之心，大宋江山将不保！……"

老半天，韦太后才醒悟过来：

"你说下去……"

于是，倪翠莲说出了一段经过她深思熟虑的话：

“为什么到今天，国家会没有一个出谋之臣，没有一个愿战之将？是因为天下人看到岳飞父子的下场，都寒了心！给岳飞平反，刻不容缓！……我大宋不乏慷慨悲歌的忠勇之士，只怕正不压邪的腐败朝廷。如岳飞父子得以昭雪，太后就等着看吧……但是，给岳飞父子平反，你这个儿子是不可能做得到的，观音大士的怜悯都没有用。所以，民女请太后吃一碗醋莲子……”

“哦……”这时，韦太后想起郑兴裔“宋室兴亡，且看忠奸谁上”的话语，似乎明白了自己应该做的事，她站起来，说：

“翠莲，谢谢你这碗醋莲子。来呀，摆驾回宫！”

韦太后回去了。据说，回宫的韦太后立刻召见了儿子。当赵构垂着一双手，站在她面前时，韦太后第一句话就是：

“赵构，听说你又在收拾细软，准备再一次逃到海上去了？”

“妈，没有的事……可是，金兵又要南侵了，假如宋军不敌怎么办？……”

“咋会不敌？天下没有岳飞、韩世忠那样的人了吗？”

韦太后顾自己说下去：“告诉你，老身一大把年纪了，可受不了海上的颠簸，你是想让老身再一次被完颜亮抓到五国城的洗衣房里去？”

“不！妈妈，你不要再说下去了！……你看我能有办法吗，你要我怎么办呢？”赵构大声地说，眼泪在眼眶里打着转。

韦太后望着儿子，她说：“我问你，你做得到向天下百姓认错，为岳飞父子平反吗？”

赵构摇摇头：

“儿子做不到！”

“为什么？”

“皇儿的脸面下不来……”

“是你脸面要紧，还是宋室江山要紧？”赵构沉默不语。

韦太后又说话了：“为岳飞平反，是为平息忠臣良将的心中怨气，是扶助宋室，救国救民之必须，若再不果断平反，一旦家破国亡，尔有何脸面去见列祖列宗？”

赵构哭丧着脸说：“母后，请您安排，皇儿遵命便是。”

韦太后狠了狠心说：“嗯，你做皇帝时间不短了，这个皇位就别坐了，明天就宣布退位做太上皇吧。你做不到的事,让接你班的人去做……”

说着,老太后转身,回她的房间去了。

于是,第二天,没有任何预兆地,宋高宗突然宣布退位了。这件事一直让许多研究宋史的人百思而不得其解,究竟是什么,让赵构突然做出这个决定的?

那么,笔者要告诉你,所有这一切,都是半山倪家老大的大囡儿,半山娘娘的堂大姐(李门倪氏)做的一小碗醋莲子促成的……

倪齐潮山水画

倪氏人家心良善

大清嘉庆十二年（公元1807年）春，已有600多年历史的木结构娘娘庙破败不堪了，到了必须修缮的时候。因此，族长召集大家商量具体方案。大家一致决定，为节约钱钞，本次修庙只聘请泥、木技工师傅，其他一应粗活全由倪氏十二人家包揽。为不影响施工，这十二人家每天每户派出一个强劳力，共计十二人配合师傅们的施工。

恰在这时，娘娘前的上塘河里，发生了一件惊天血案：那是原来在杭州任知府虞羽庭告老还乡，租了一条大船，带着所有家眷，带着他这些年在杭州搜刮的所有财宝，装了满满当当一整船，跟送行的朋友们喝过饯行酒后，从杭州艮山门外的打铁关出发了，日落西山时，船才到皋亭山下的赤岸埠，船家就在这里泊下过夜了。

赤岸这个地方，南宋时建了个专门接待北方金国来使的班荆馆，就是现在的国宾馆，风景特别美。不过经过宋元间的战乱，那些建筑物早已荡然无存，长满萋萋的蒿草。尽管如此，虞羽庭还是很高兴在这里过夜。面对着曾经的金粉地，面对着那满目疮痍，发些思古之幽思，也是不错的。

可是就在那天的半夜里，来了一伙用布蒙着脸的强人，他们跳上官船，大开杀戒，除了躲在舱板下船家那个十三岁的儿子，虞羽庭一家五口和船家本人全部被杀，满船财物被洗劫一空。

虞羽庭是个贪婪之人，他在杭州这几年，杭州的地皮都被他刮去一层，到头来，也不知道他在为谁忙。真是“老鼠给猫赚”，可叹他处心积虑地刮，刮成个树大招风，招来了杀身之祸，还连累了家人与无辜的船家。

于是，仁和县衙里所有的公人都出动了，必须限期破案！好在，船上还有一个活人：就是船家那个十三岁的儿子。据他说，借着火把的光，透过舱板的缝隙，他看见那些强人杀光了活口，在搬运财物时把头脸上蒙着的布都撸掉了，其中有一个人他是认识的。

原来他跟父亲常常在上塘河里跑船，常常看见河岸上有一个走村串户的讨饭佬，外号叫鼋头鳖，长着一头的癞疮疤，连条辫子也没有，在一顶瓜皮帽后面结着一条假辫子过日子。至于其他人，他没有一个认识。不过，认识了一个，这个案子就好办了，在一个赌场里，公人们拿住了鼋头鳖，没怎么用刑，鼋头鳖就招了，说同伙就是半山娘娘庙下倪家门里那十二户农家，每家出的一个男丁。由他当眼线领头作的案……

大凡杭嘉湖平原的人，都听说过半山娘娘救宋高宗赵构的故事。其实，所谓半山娘娘就是他们倪家一个普普通通的农家女，后来这半山娘娘庙也是倪姓族人出力修建的。可以说，半山娘娘庙就是倪姓族人的家庙。这座庙在倪姓族人心里有着极高的地位。宋时敕建的庙毁于宋元间的战乱，直到明崇祯六年才由倪姓族人集资重建起来。可是在清嘉庆年间，这半山倪家村的人丁却不怎么兴旺，村里只有十二户人家。嘉庆十年八月，一场台风过境杭州，半山娘娘庙旁边一株白果树的一条大树枝被白蚂蚁蛀空断下来，砸到大殿上，把大殿的一只角砸塌了，这条大树枝就像砸在倪姓人的心上，他们心里别提有多疼了。可是，那年头，他们过日子也难，那十二户人家节衣缩食，直到嘉庆十二年早春，才凑够了银两，于是赶紧去买来建筑材料，开始修大殿。那些日子，这十二户人家，每户每天都有一个男丁几乎整天都泡在庙里干活。

在这个半山娘娘庙大殿的屋檐下，还住着一个人，就是那个无家可归的讨饭佬鼋头鳖，倪姓人心地善良，他们不仅让鼋头鳖在这里住着，吃饭也给他盛一碗；看见他脚烂起来了，还弄来了药，给他上药，有人还从家里抱来了稻草，把他的草铺垫得厚厚的。当然，修庙的一些轻活，鼋头鳖也帮着干一点。而他俨然成了他们中的一员了。

忽一日，鼋头鳖神秘兮兮地跟他们说，他打听到一船宝贝，问倪家人要不要。接下来，鼋头鳖就说了大贪官虞羽庭将要告老还乡，他那满载着金银财宝的船就要从皋亭山前的上塘河过的消息。同时，还说按那个船家行船的习惯，很可能就在赤岸埠过夜。“反正虞羽庭的钱也是不义之财，不取白不取，我们为何不去取？我告诉你们这个消息，也算是报答你们对我的救助之恩了……”

当时，倪姓的族长在场，这个倪族长听了鼋头鳖这番话，顿时胡子都气得翘了起来，他两眼一瞪，指着鼋头鳖骂道：

“你什么意思，是叫我们跟你去做强盗？去杀人越货？你睁眼看看，我们在干什么？我们在修庙！我们修庙干什么？就是要让我们的族人都像我们的先人半山娘娘那样，保留一颗救人急难的良善之心！你这个人的心地怎么如此龌龊？告诉你，我们只想做一个良善百姓，我们可不是从龙虎山那口井里跑出来的妖孽！这样看来，不能让你住在这个庙里了，让你这种人住着，就是亵渎了我们的半山娘娘……”

当下，大家七手八脚，把鼋头鳖那些破破烂烂，扔到大门外面去了。

但是，赶走了鼋头鳖，不等于赶走了灾难。几天后，消息传来，昨天晚上，山那边的上塘河里，一船六个人被杀，一船财物被洗劫一空。倪家村里的人知道，这事一准是鼋头鳖另外找到合伙人干下的。族长正想去报官，没想到官府却先来找他们了，村子被官兵团团围住，村里一户一个，十二个男人全部被绑了去，都被关在仁和县的死囚大牢里……

他们当然在大喊冤枉。于是，大刑侍候：他们一个个被打得皮开肉绽，他们被折磨得求生无门，求死不得……县里的那位师爷来“开导”他们了：

“要想少受些苦，还是照我说的招了吧！……”

于是，他们都在师爷事先写好的口供上画了押……

这一来，这个大案很快结了案，立刻上报刑部批核，这十二个倪姓男人，就等着秋决了。

像这种从浙北、苏南上报到刑部的案子，一般都由刑部侍郎江苏无锡人秦瀛去办理。交给一个无锡人去审核，是因为他熟悉这片地方的风土人情和方言，方便一些。

秦瀛字凌沧，又字小岘，是乾隆三十九年的举人。当年朝廷用人心切，由乾隆皇帝直接从举人的卷子里挑人参加殿试。当秦瀛的那篇国策文出现在皇帝的龙案上时，直看得皇帝龙颜大悦，首先是通篇的好字，每个字都有明朝大书法家董其昌的风骨。再读那篇文章，写得条理分明，切中时弊，而且他不仅仅是在罗列时弊，还对症下药，开出治理的办法，特别在消除满汉隔阂，开列出的办法颇有见识。于是，秦瀛被第一个录取了。其实，这些人才，都是乾隆为儿子准备的。果然，嘉庆十年，秦瀛被嘉庆皇帝外放了，他被任命为浙江布政使，当上了封疆大吏。可是，秦瀛到浙江屁股还没有坐热，皇帝又把他招回去了，他被授光禄寺卿，不久又被转为太常寺卿;十二年,擢刑部侍郎。这个新上任的刑部侍郎接手的第一个案子,就是杭州皋亭山上塘河劫财杀人案。

接到案卷的秦瀛的第一个反应,一伙多次出钱出力修庙的人,怎么会去干杀人越货的勾当呢?第二次阅案,他就看出破绽了:怎么十二份口供都是千篇一律,是一个人的口气?而且书卷气那么重,不像是从种田人口里说出来,而是从一个读书人笔下写出来的?第三,也是最重要的破绽,是本案缺少物证:虞羽庭那些财物,除了少量从鼋头鳖那里抄出一些,其他大部分至今查抄无着。于是,秦瀛以“证据不足”为由,把这个案子发回重审了。这样,那十二颗脑袋,不至于在今年秋天就被砍下来。不过,按秦瀛的行事风格,他不会就此放手不管的。他不放心仁和县那些草菅人命的官员啊!于是,在京杭大运河南下的一条快船里,多了一个穿着一袭青布长衫的中年商人,他就是微服出行的秦瀛。

半个月后,有一个背着一竿“铁口张半仙”的幡子,自称是十八代张天师的道家打扮的人,走进了半山娘娘庙下的倪家村,走进那十二户人家,他倾听着那些人家的老人和女人们的哭诉,然后郑重其事地为她们算命,最后一家又一家地告诉她们:你们的男人一定会平安无事地回来的……在那个时候,他只有用这种苍白无力的办法,去安慰那些处于绝望中的善良的人们的心。

最后,这个“张天师”踏进了半山娘娘庙。

大殿的修理还没有完工,大殿的一角还露着天光。但是因为缺了修庙人,整个工程已经停下来了。

他抬眼看神坛上有些孤独地坐在那里的半山娘娘,她的肩上、身上,已经积着一层尘土了,曾经容光焕发的她变得灰头土脸了。是啊,她也在蒙难……

于是,“张天师”长长地叹了一口气,慢慢走出庙门了。他背着那竿幡子,就沿着那条进香的大道,一个人朝东走过来。他打算绕到皋亭山这边来看看上塘河。

早春的山风还有点冷。这有点冷的山风让秦瀛打了个寒噤,也让他清醒起来了。他知道,这个案子的关键还是要查出真凶。案子虽然已经发回仁和县重审,但是别指望仁和县那些官老爷会去真正办案,他们一定就是把那个鼋头鳖提出来再审一次。那个鼋头鳖既然已经一口咬定他的同伙就是倪姓十二人,估计他还会继续咬下去。也许他们只是临时纠合在一起,那个鼋头鳖就根本不知道那些人的根底和下落。他为了免受皮肉之苦,就顺便拉几个熟悉的人来陪绑,或是因为他记恨他们把他赶出娘娘庙。要是找不到真凶，那倪姓的十二个人还是会很惨，自己也会很惨。自己到了刑部办的第一个案子就办砸，以后在刑部的日子就不好过了……

这时候，秦瀛已经在轻轻地自言自语了：

“半山娘娘，你就保佑保佑我顺顺利利地找到真凶。这样，你的子民就能消灾免难，你也不至于蒙尘了……”

从山弯里绕过来，不一会就看到上塘河了。上塘河里果然热闹。每年的春上，是上香的时节。皋亭山里寺庙众多，那时候陆路交通不方便，老太太们上香，都是走水路。即使来半山娘娘庙里上香，也往往坐船到这里上岸从这条道上绕过来。所以，皋亭山下的衣锦桥边，也横三竖四集着几条有钱人家雇的画船。不过，其中有一条画船颜色特别艳丽，船帮子上还插满了花儿。秦瀛来杭州当过浙江布政使，知道那叫做茭白船。那船上有妓女在卖春，杭州官场上的朋友和文人雅士爱到这种茭白船上喝花酒，听妓女弹琵琶唱曲儿，也可以拥着妓女春风一度。不过，连船带妓女租要价可不菲，没有一点财力，可玩不起。

再走近一点，果然就听到唱曲的声音了。杭州人真会玩，包了茭白船玩到皋亭山下了。他们就不怕污糟了这满山寺庙里的神灵吗？

走过衣锦桥，“张天师”就摇响手里的铃铛了，他的嘴也不闲着，高声吆喝道：

“测字，看相，算命！张天师能知过去未来之事！张天师上通天神下察鬼府！张天师看相算命不准不收银！……”

吆喝到第三遍时，茭白船上那块花里胡哨的门帘布揭开，一个胖胖的老妈子探出大半个身子招呼道：

“喂，算命的，我这船上的客人问你，你看相算命真的那么准？”

“张天师”粗俗地回答：

“要是不准，你把我这幡子布剪了给你的姑娘们当骑马片！”

就冲这句回答，老妈子信了，这是一个老江湖油子。于是她一边咕噜着“我的姑娘的骑马片可考究了，才不要你那个烂幡子布”，一边招呼他上船。秦瀛揭开门帘走进船舱，船舱里有六七条汉子正在吆五喝六地押宝。旁边还有一张杯盘狼藉的酒桌。一张门帘布隔出的里舱里面，显然还有人在大白天拥着妓女……显然，这些人不是什么文人雅士，也不是官场中人，这是一伙来路不明的暴发户。

秦瀛几乎是下意识地皱了皱眉，但他忍住了，说：

“哦，好热闹啊！”

没有人理他，他们正赌到兴头上。秦瀛冷眼看着他们，这些人尽管有钱，可还是喜欢光着脚踩在舱板上，脚底板很宽，大脚趾跟其他四个脚趾分得很开。当然，他还要听他们口音，于是他问话了：

“你们谁算命啊？究竟是要看相还是算命啊？”

“你就给我们先看个相吧，给谁看都一样。我们是一条索子上的梭子蟹，要活就都活，下了汤锅全他娘的变红！”那个大胡子看样子是人物头，他说。

“你们不是本地人？”从口音听出来了，秦瀛问。

“你不是会看相吗？看出我们是哪儿人？”

秦瀛心念电转，无锡人吃海货，就常常跟这种人打交道。于是他来了个单刀直入：

“要知道我能知过去未来之事，世间的一切都瞒不过我。你们是江口人，而且是在船上过日子的。”在杭州说江口人，就是指杭州湾口子上的人，秦瀛说，“小洋山的？”

大胡子点点头。既然面前是个半仙，什么都瞒不过，他也不打算瞒了。况且，他的酒已经喝高：

“差不多，算你准。我们是洋山岛做海上生意的。有时我们的水上飞也上到杭州来走走。不过，你要是敢走漏风声，你就没命了……”

秦瀛长长吐了一口气：天网恢恢啊！洋山岛的海盗……洋山岛，放到今天来说，它虽然是浙江的嵊泗列岛中的一个小岛，可它跟上海更近，一条现代化的跨海大桥，已经把它跟大上海连在一起，使得洋山岛成为这个世界第一大海港的一部分。但是在当年，它还是个化外之地，是海盗们的老窝。

“说吧，给我们看相就两个字：我们这趟生意是凶还是吉？”人物头两眼直盯着秦瀛。

“凶，大凶！”略停，秦瀛说，“鼋头鳖已经领着仁和县的捕快去洋山岛拿你们了！”

“放屁！鼋头鳖到钱塘江边找到我们的水上飞时，我们根本没跟他说过我们的底细。再说，这个案子已经结案了，鼋头鳖恨死倪家村的人。就连一个破庙也不让他住，倪家村的人早给我们当替死鬼了。我们在这里不走，就是图一个消息灵通……嘿嘿，不是说‘灯下黑’吗，神仙也想不到我们还敢留在上塘河里乐……”人物头得意地说。

“案子结案是仁和县的一个障眼法。你别看鼋头鳖少条辫子，他可是个人精，就连我都把你们一眼看穿了，他能不把你们看穿？你们不知道大堂上的大刑有多厉害？他真领着捕快去洋山岛了。不过，你们这一招‘灯下黑’还真高明，谁也想不到你们居然没挪窝，还敢在上塘河里乐……对啊，你们再在这里乐个十天半月，那些捕快到洋山岛扑了个空，面对着茫茫大海，他们也只有望洋兴叹的份，不结案也得结案了。现在，信不信由你们，这十天里你们什么地方也不要去，就在这里乐，就谁也找不着你们！反正你们有的是钱……要是那么一走动，就必然露出行踪……”

人物头扔给他一只十两重的银元宝，元宝底里，还有杭州官库的印哩。虞羽庭把它黑下，可它又成了一伙江洋大盗的囊中之物，现在又转到一个刑部大员的手里，将会成为这个大案的物证……

秦瀛收拾好他的幡子，走到舱门口，他又回身说：

“十天里别动。切记，切记。十天衣锦桥下乐，一切由凶化为吉……”

秦瀛故作高深地离开了茭白船。过了桥，船上的人看不见了，秦瀛连连拍额相庆。看来，真的在冥冥之中有半山娘娘保佑，一切都是得来全不费工夫！太顺利了……

秦瀛又回到了半山娘娘庙。他破天荒地在那尊蒙尘的半山娘娘神像前跪下，向着半山娘娘磕了三个头。

完事后，他从自己随身带的招文袋里，取出笔墨，这个董其昌后的第一书法大家，在大殿的粉墙上写道：

半山山半庙巍然，春社桥边集画船。
画船之上有强人，修庙之人心良善。

写罢，他又怕仁和县的人不相信，干脆把自己的姓名也留下了：

“秦瀛题”

完事后，他立刻下到倪家村，叫村里的人马上去报官，让仁和县的人赶快来看大殿墙壁上留下的诗。

这一来，这个惊天大案很快破案了。真凶得到裁处，倪家村那十二个人得到昭雪。于是，全村的男女老少在族长带领下，到了那面墙壁前，向着那个对全村人有再造之恩的名字，向着他留下的二十八个字，磕头跪拜。后来，大家又觉得这样宝贵的文字留在这面脏兮兮的墙上有点不敬，又找了块香樟木板，把它从墙上精心描到樟木板上。从此，这块香樟木板成了半山娘娘庙里的镇庙之宝。道光九年(公元1829年)，半山娘娘庙设在上塘河边的山门火灾，村民冒死第一件抢出来的就是这块板。光绪二十一年(公元1895年)，庙堂倾倒，村里人从废墟中再一次找出这块板，1932年重建娘娘庙这块板又挂回到原来的地方。可是，1943年半山娘娘庙被日本飞机炸毁。人们在瓦砾堆里找到这块木板时，可惜只剩下前两句诗了。1990年，当地倪氏后裔捐款在遗址旁重建娘娘庙。他们新找了一块木板，把那劫后余生的两句诗精心描下来，挂到大殿里，顶礼膜拜一直到今天。

倪齐潮山水画

山下蚕房说传奇

南宋年间，皋亭(半山)山南的杭州城东，大善人郑兴裔为了接济那些从北方南逃到杭州的难民，一个以开荒种麦为主业的麦庄，正办得风生水起。那些流亡到南方的难民可不是光杆子，他们可都是拖家带口的，里面有不少女眷。那些女人年纪轻轻，可让她们去挥开荒大锄毕竟不行，她们除了给男人做饭，就没别的事了。郑兴裔看了可惜，就决定让她们也来养蚕，好歹能为因金兵南侵而倾家荡产的家尽快地恢复生机出一把力。有些不适合种粮食的地，早已种下一大片的桑树，看来郑兴裔是早有这方面打算了。可是，侍候那些软绵绵的白色小虫，那些北方女人在老家从来没有干过。郑兴裔决定给她们请一个师傅。一打听，倪家村那个六十来岁的倪钱氏，可是一把养蚕的好手。倪钱氏的女儿当年为了救赵构，被金兵杀了，如今正在半山娘娘庙里享受着人间香火，她两个儿子投了岳家军，牺牲在朱仙镇。这可是大宋朝的忠烈之家啊，把老人请进麦庄做师傅，开给她一份工钱，管她一日三餐，对老人也是个安慰吧！郑兴裔在族长的带领下，亲自登门去请，倪钱氏一听让她去麦庄做养蚕师傅，浑身都来劲了，她立刻叫老头子去打铺盖，跟着郑兴裔就上了路。一路上，她对郑兴裔和族长说："你们不要'倪钱氏，倪钱氏'地叫。村里人全叫我倪妈妈，这样听着顺耳朵。"于是，大家立刻改了口。到了麦庄，向那些北方妇女介绍为她们请的师傅时，郑兴裔就说："以后你们都叫她倪妈

老照片

妈。你们可要听她的话。”

倪妈妈是个闲不住的人，她立刻带着那班人高马大的北方女人，风风火火地干起来了。倪妈妈养了四五十年的蚕，从小姑娘养成个老太婆，从娘家养到婆家，如今又养进麦庄。她说，她闭着眼睛，你在她手心里放一条蚕，那蚕只要爬动一下，她就知道这是条几眠的蚕。她养蚕已经养成精了。

那班北方女人里，有个叫巧花的女孩，才十七岁，她是跟着她哥，从山东登州逃难逃到杭州来的。长得一点不像北方人，乖乖巧巧的，又会黏人，倪妈妈可喜欢她了，走到哪带到哪，做什么事都带着她。倪妈妈说：“可惜我两个儿子都不在了，要不，我一准娶你做我家的儿媳妇……呃，对了，你就干脆做我女儿吧！”

“妈！”干女儿立刻甜甜地叫了起来。

麦庄有了倪妈妈，这养蚕业很快上正路了。一长排土墙草顶的蚕房里，置着一长溜的木架，木架有三层，每层放几十张蚕匾，一共有上百张蚕匾哩。女人们集体轮班干活，一个多月后，蚕宝宝上山，采下蚕茧，卖给丝行，扣除给倪妈妈的工钱和成本，由参加养蚕的女人们平分，第一期可能少点，万事起头难，好歹把头开起来了，以后肯定会越来越好的。所以，大家干起活来劲头十足。从洗匾、消毒、孵种、育蚁，都由倪妈妈一手操持。那些北方女人第一次看见灰黑色的小蚂蚁似的东西慢慢变成白色小虫，都啧啧称奇。几天后，蚕儿就上匾了。反正，那些女人都非常听话，倪妈妈叫她们采什么样的桑叶，她们就采什么样的桑叶，那桑叶要怎么处理，就怎么处理。

这期间，郑兴裔偶尔也来走走，看到那一匾匾的绿白相间的蚕匾，听到蚕宝宝吃桑叶时那轻音乐似的沙沙声，看到已经走上正轨的养蚕业开头这么好，他非常高兴。

一般来说，倪妈妈是不让那些北方男人随随便便闯进蚕房来的，人进进出出容易让蚕宝宝得病，蚕宝宝得病可不得了，有一年他们家的蚕得了病，蚕都死光光了，由此家里背上高利贷，直到去年，衙门发了两个儿子的抚恤金，才把那阎王账还清。可是，巧花那个人高马大的哥哥，谁也拦不住，一没酒喝了，就来找他妹妹。倪妈妈很讨厌那个大男人，一天到晚就想喝酒。打酒没钱了，就要才十七岁的妹妹去想办法，这种男人，就是他妈多生的。

倪妈妈那天来得匆忙，好多养蚕的家什没有带来，她还得回家去拿。好在，麦庄离倪家村不是很远，吃过午饭，她就去了。当然，倪妈妈的影子巧花非要跟

着去，她说她还没有去过妈妈的家呢。倪妈妈想，路上有个伴，也好。

两人一到倪家村，发现村里很热闹，在这个养蚕的季节里，很多蚕农都来半山娘娘庙里进香，人们把半山娘娘当做蚕神来拜了。倪妈妈想想也好笑，我家的小囡什么时候成蚕神了？在村里，只听那些香客说，这半山娘娘可灵了，海宁的某某某家，蚕宝宝得病了，来拜过半山娘娘，晚上就做梦了，梦里，半山娘娘教了他们一个法子，按着那个法子，嗨，那蚕宝宝的病还真的都好了！还有人说，去年，来拜过半山娘娘后，那蚕茧又大又重，收成比往年高了三成！那个桐乡人说，可不是，所以，今年，我们村，凡家里养蚕的，全来了……

这样，家里去过后，倪妈妈就带着巧花，也走进娘娘庙。自从去麦庄做了这个养蚕师傅，别看倪妈妈大大咧咧的，她为了让大家都有个好收成，让自己不辜负大善人郑兴裔的信任，在心中默求菩萨保佑麦庄的蚕宝宝千万不要生病……今天看见四乡八村的人都来求半山娘娘了，而且都说她很灵，感到好奇……

于是，两人走进了半山娘娘庙。

好在，庙里都是外地人，没有人认得倪妈妈，不然，她面子上还真有点下不来。巧花不知道眼前那个高踞于神坛之上的半山娘娘与身边这个老太婆的关系。她进了庙堂，也学着别人样在半山娘娘前跪下来，心里默默地说：

“半山娘娘，求求你，保佑我们麦庄今年养蚕顺顺利利，有个好收成吧！……”

之后，巧花看到庙里的泥猫形态憨厚可爱，顺便请了两只带在身上，就跟着倪妈妈出娘娘庙返回麦庄。

为了培养新人，倪妈妈总是把养蚕的要领先告诉巧花，让巧花去带领大家一起干活。巧花把养蚕的活儿干得很不错，倪妈妈心里很是放心。

如：“天一天天热起来了，这个蚕棚连个窗也没有，通风不好，蚕会得病的。立刻在这儿，这儿增加通风，开两个窗……”

“将旧蚕匾用石灰水冲洗，太阳底下晒干……”

这时候，倪妈妈总是重复她的话，让那些北方女人赶快去做。

有新桑叶采来了，巧花会安排大家“把上面的露水都擦干净再上匾”！

当大家似乎有点不相信的时候，倪妈妈就会大声责问，“你们没有听见巧花的话吗？快，把露水擦掉晾干！她安排的生活，你们照做就是了！”

女人们傻眼了，她们在面面相觑，巧花，她一个黄毛丫头，就认了个干妈，马

泥猫、桑叶、蚕茧　吴关荣摄于半山博文苑

上变成养蚕专家了？

倪妈妈看透了大家的心思，便说："我家有本祖传养蚕的书，她的话就是书本上的话，你们听着去做就是了。"

这一来，倪妈妈是省心了，一切养蚕的生活，巧花都会安排去做。很多蚕病，还没有露头，就被预防住了，麦庄的蚕宝宝好得出奇。不过，巧花也就成了她不可或缺的人，就像阿斗缺不了诸葛亮，就像宋江少不了智多星吴用。倪妈妈知道，再过十来天，这一季的春蚕就要上"山"结茧了，这一个多月的苦，就算熬到了头，心里压着的一块石头终于可以落地了。

可是，就在这天的午后，倪妈妈正在打瞌睡，忽然几个女人一边大喊着一边跑过来：

"倪妈妈，不好了，巧花被她哥抓去了……"

倪妈妈大惊，一骨碌从床上爬起来。一个山东大个子女人已经跑到她面前：

"倪妈妈，不好了，巧花她哥已经把巧花卖给一个官人做小老婆，今天就拿轿子来抬她了！……"

倪妈妈眼前一黑，这不是要人命吗？在这节骨眼上，可不能少了这个人啊……

于是，她跟着那个山东女人就跑，可是，她是双小脚啊，没办法，小脚也得跑，一定要把她截下来……

远远的，看到巧花的那个窝棚了。窝棚门口有株树，巧花死死地抱着那株树，就是不肯走，她哥在下大力拉她。一边，停着一顶小轿，两个轿夫站在一边看。一旁的土墩子上，站着一个手摇白纸扇的人，想必就是那个大官人了。

终于，巧花拗不过她哥，人从那株树上被拉开，被强塞进那个小轿里……

于是，小轿上了轿夫的肩。

"站住！……"不远处传过来声音。

一个气急败坏的老太婆，拦到了轿子前面：

"要过也可以，就从老太婆的身上过去！"

"你是什么人？我家的事轮得着你管？"她哥上前来了。

"我是巧花她妈，我的女儿我不管谁管？"倪妈妈说。

"巧花她妈早死了，怎么又跑出个妈来了？我当哥的这么不知道她又有妈了？"

果然，轿子里，传出来巧花的哭喊声：

"妈！救我！……"

"你听，都在叫了。"倪妈妈说着就要上去把轿子里的人弄下来，被山东汉子拦住了。

"呸！天下有这种人，拿自己亲妹子换酒喝，这不是畜生吗？"倪妈妈破口大骂起来。

那山东汉子恼了，一把将倪妈妈搡到一边。倪妈妈一下子倒在地上，她就势大哭起来：

"杀人了啊！……"

于是，麦庄里的男男女女从四面八方涌过来了。

"走！"那酒鬼对两个轿夫喊道。

"走？你走得了吗？"前面，郑兴裔慢慢走过来，"这清平世界，朗朗乾坤，你们竟敢强抢民女？……"

那山东汉子是认识郑兴裔的，他立刻就像漏了气的皮球，瘪了。郑兴裔先是从地上扶起倪妈妈，见她人没有摔坏，才放心了。倪妈妈却一门心思全在轿子里的人，她又要上去把人弄出来，这一来，一边那个大官人不得不出面了。他把扇子在衣领里一插：

"这是谁呀？管闲事管到我西门大官人头上来了？"

郑兴裔于是也上前一步：

“你这也叫闲事？”

“怎么，我西门大官人娶个小的，你也要管？我们这闹花轿闹一闹，叫强抢民女？看起来，我们要在仁和县的公堂上见了……”

“好啊，不管你是仁和县，杭州府，一直到金銮殿，我郑兴裔都陪着你！”

“郑兴裔”三个字一出，那个西门大官人不啻是听到一个响雷：

“你是郑兴裔？”问完，他把眼睛转到那个山东酒鬼，那家伙怯生生地点了点头。

“真倒霉，倒了八辈子大霉……”刚才还是趾高气扬的西门大官人也立刻瘪了，一转身，他简直是落荒而逃。周围响起一片哄笑声。这时，倪妈妈已经从轿子里扶出巧花，母女俩哭着、笑着，搂在一起了。然后，她们转身，一起向郑兴裔行了个礼……

“谢谢你，郑老爷，去看我们的蚕宝宝吗？长得可好了……”

于是，三个人一齐向蚕房走去。

据说，麦庄那一年的蚕茧得到了大丰收。

相关链接：郑兴裔（1126-1199），字光锡，初名兴宗，河南开封人。历任福建路兵马钤辖，庐州，扬州、明州知判，官终武泰军节度使等职，郑兴裔一生“历事四朝”（宋高宗至宋宁宗），官职太尉（宋代最高军事长官）。

郑兴裔忠于职守曾为四代皇帝赞赏。乾道（1165-1174）初，当时国家元气尚在恢复之中，有人却起课头，要大兴土木，“治行官备巡车”，郑兴裔坚决反对。后来他带兵于福建，稳妥平息了建、剑、汀、邵一带海寇之扰。当时朝廷上下还日夜担心金兵入侵，又是他前往金国，将事情处理停当，没造成社会动荡。郑兴裔在庐州时曾下令退还包括扬州府在内所有相邻府郡送给庐州官府的礼物。到扬州后，他又认真检查相关记录，发现当时所令退还扬州的礼物，并没有真正退还到位，被两地经办的相关官员私下侵吞了，于是他就上奏朝廷，细陈弊端，要求下令严禁州郡官府之间相互送礼，得到了孝宗的首肯，从而有效地遏制了这种不正之风，皇帝曾叹曰：“兴裔不吾欺也。”

半山娘娘蒙难时

1937年8月13日，淞沪战役爆发，在上海打得热火朝天。日本人见一时难以摧垮中国军民的抵抗意志，他们的华中方面军在松井石根率领下在杭州湾登陆，从侧翼对中国部队形成夹攻之势。这支部队登陆成功后攻势进展得很快。1937年12月23日，国民党政府为了阻挡日军的进攻，炸毁了钱塘江大桥，中国军队撤退到富阳一带。第二天，杭州就沦陷了。从此，杭州被鬼子占领了整整八年，是中国除了台湾和东北以外被占时间最长的地方。他们的第十司令部十八师团成了杭州的占领军。原来的在断桥桥头的日本驻杭州总领事馆成了占领军的司令部。这个师团的牛岛部队驻在教仁街(现在仁和路)，土桥部队驻在南山路，山口部队驻在城站火车站。总兵力达1.5万人，外加一支宪兵部队，还有侦察兵和特务机关。

为了维持他们的统治，日本人在杭州建立了汉奸政府，叫什么杭州自治会，1938年又设立浙江省维新政府和杭州市维新政府。他们命令所有商店、电影院、学校、银行开业，制造歌舞升平的假象，还迫不及待地为日本兵建立了慰安所。实际上，牛岛、土桥和山口们忙得要命，他们天天带着部队出城抢粮，寺庙、风景区里的东西，就连郭庄的几张红木椅子都不放过，凡被他们看上的，全部被抢，一车车运到上海，装船运回日本。若有反抗他们这种明目张胆的强盗行径的，他们拔刀就杀。这三支部队在城里还要装装样子，一出城就奸淫烧杀，无恶不作。他们在杭州的十个城门都设立了关卡，人们过关卡就像过鬼门关，身上带有稍值钱的东西，不需要任何理由就被没收。号称人间天堂的杭州，顿时就变成人间地狱。

当然，中国人也不是任人宰割的羔羊，中国人的反抗一天也没有停止过。杭州的第一任汉奸市长何瓒，上任不到半年，就被军统的特工炸死在他积善坊巷的家中。八年时间，杭州的伪市长就换了七个……1944年，伪政府的代理市长潭淑奎也在西湖边被暗杀。1938年2月18日，那场惨绝人寰的乔司大屠杀就是因为国民党军队一次成功的夜袭后，恼羞成怒的鬼子的一次报复行动。那年头，中国军队的游击战几乎逼近到杭州的各个城门外。

这样，鬼子的出城扫荡，就成了牛岛、土桥和山口们的家常便饭。而这些扫荡的重中之重，就是半山——皋亭山地区。一是因为这山是这一大片地方的制高点，二是因为它离鬼子控制的笕桥机场近。三是因为半山、皋亭山山不高而林密，藏得住人，于是他们就隔三差五地闯进半山娘娘庙来了。

1937年年底的一天，牛岛带着的那队人，竟然就在半山娘娘庙里的地上，捡到一个“老刀牌”的香烟壳，这一来可不得了，因为他们知道，当地的农民，抽的都是土烟，四乡八村来拜半山娘娘的蚕农们也没有一个抽得起这种高档香烟的。他们认定，这肯定是国民党军队留下的；要么就是新四军粟裕的先遣队来过了，他们在杀汉奸得手后也会抽到老刀牌。于是他们把这庙里庙外仔仔细细地搜查了好几遍，一无所获。最后他们认定这个山林中的庙是不能留了，留着它早晚会成为游击队的落脚点，应该立马毁掉。要毁这么个破庙还不容易？一个炸药包或一桶汽油，就完事了。可是，这毕竟是一个寺庙，我们大日本还要在这里建立什么共荣圈呢，这种要遭千人骂的事不能干。最后决定，由笕桥那些在天上飞的兄弟来干。约定了日子，他们去几个人，在庙堂前，把一些树叶扫扫拢，点着了，让它冒烟——这是给天上的兄弟指引目标，一架去皖南战区执行任务回笕桥机场的0式飞机到这里弯了一下，把他们在战区里省下的两颗炸弹，投在机翼下那个冒烟的地方。两声巨响过后，一直香火旺盛的半山娘娘庙的大殿，就变成一堆瓦砾和几处断壁残垣了。

当然，鬼子还不会就此罢休，他们用铁丝网，把倪家村的这一大片地方都圈了起来，在原来半山娘娘庙山门的地方，建起一个三面有枪眼的大碉堡，派了一个中队的皇协军在这里守备。在这里放上双岗，一天二十四小时都有岗哨。这个地方就此成为一个日伪的驻点。就连倪家村的村民进出，都要搜身检查。弄得村民们怨声载道，可是他们还是敢怒而不敢言。昔日香火地，成了今天的虎狼窝。

这个日伪军的中队长叫赵阿泉，是杭州本地人，原来住在拱宸桥桥头，是一家洋布店的老板。鬼子进杭州后，说洋布是军用物资，那个布店不准他开了。他

不仅不记恨鬼子，反而帮助鬼子弄到一大批做军装的洋布，于是鬼子让他做了伪军的中队长，他就抖起来了。半山驻点设立后，他干脆把家都搬到这里，住在倪家村半山桥边的倪梅英家的二楼，带着他妈妈、老婆和孩子。

可是他那个六十来岁的母亲自从搬到半山住下之后就病了，一夜到天亮不停地咳嗽，还吐血。于是他让勤务兵四处打听哪里有好的先生，他几乎请遍了杭州能请到的最好的先生，就连法国人开的教会医院都去看过，一两金子一小盒的盘尼西林都用上了，他妈妈的病始终不见好转。他问房东倪梅英："怎么回事，是不是我们这里风水不好?"倪梅英差点要骂出"放你妈的狗臭屁"了，她说："你看我们家的人，大大小小一个个生龙活虎的，我们倪家村的人不仅我们家，我们全村人就没有一个得恶病的。比我们倪家村风水好的地方找不出第二个了。告诉你，我们有半山娘娘保佑，平常有个头疼脑热的，去半山娘娘庙烧炷香就好。"

赵阿泉中队长天天巡逻都要去半山娘娘庙，他知道，那个大殿已经荡然无存，半山娘娘的神像已经变成一堆泥巴。只有瓦砾场后面的观音殿还灰头土脸地留在那片废墟上。外村的人已经进不去烧香了，可是倪家村本村的人，家里有点什么事，还是会去那片废墟，或去观音殿里，或就在那片瓦砾场里，对着那堆已经变成一堆泥巴的半山娘娘点上三枝香跪拜……

倪梅英是快人快语，她也不管这句话说不说得，她说：

"我们信菩萨的都知道一句话，叫种瓜得瓜、种豆得豆，你们瓜豆都不种，偏偏要去种冤孽……"

于是，赵阿泉就带了老婆孩子，带了香和蜡烛，来到半山娘娘庙的废墟里，面对着那片瓦砾场，他想，日本人这事干的也真缺德。他和他的老婆孩子都煞有介事地跪下，虔诚地向着那堆泥巴顶礼膜拜，从赵阿泉嘴里，说出这样的话：

"半山娘娘，我赵阿泉迫于生计，才出来给日本人做事，求你体谅我的苦衷。今后，我不再做祸害老百姓的事了……你若能保佑我妈妈身体好起来，我赵阿泉一定替你重塑金身，重建庙宇……"

还别说，从这以后，她妈妈的病竟一天天好起来了，也许最终还是那支盘尼西林起了作用。别看赵阿泉在老百姓面前神气活现，他想到他在半山娘娘神前许下的愿，就一点也神气不起来了。他知道这个愿如果不兑现，后果会有多严重。于是，他牙一咬，把苦苦弄来的那些银元都拿出来，跟倪家村的族长打了个招呼，就去把砖头和木料买来了，就像当年修碉堡那样，让农民挑上山去。当年的半山娘娘庙大殿虽然没有了,可土下的墙脚还在,就让泥瓦匠依着老墙脚,把墙砌上去。这就是说,大殿的规模和体制都跟原来的一模一样,在这同时,木工也开始架屋梁。并且去无锡定了瓦片,到时候用船去运就是。断断续续干了近两年,一座坐北朝南,东西宽十五米,南北深十米的大殿就初具规模,就连屋梁都上好,就等着去无锡运瓦片了。这时赵阿泉看看剩下来的铜板,他实在不敢去无锡拉瓦片了。这点钱如果去买了瓦片,就没有钱"重塑金身"了,跟族长商量的结果自然还是重塑金身要紧,反正半山上有的是茅草。那年头,倪家村家家都是一贫如洗,就是还有点力气,就帮他去割茅草,在原来要盖瓦片的屋顶上,盖了层厚厚的茅草。在茅草屋顶下,重塑金身的事照常进行。不久,半山娘娘就住进了草屋里。而赵阿泉却没有等到重修后的半山娘娘庙的开光大典,因为他的主子日本人在1945年的8月15日,在富阳的宋殿村(今受降)向中国军民签下了投降书,而赵阿泉自然以汉奸罪受到严厉的惩处。

这件事,在半山娘娘庙的几毁几建的历史中,只是一朵小小的浪花,却是半山娘娘蒙羞,受到伤害最深的一页。而且,由于资助人的特殊身份,倪家村人对此一直讳莫如深,不愿提起。我们今天把它写出来,无非是想告诉人们,民间的一件小小的事,也是跟国家兴衰紧紧地连在一起的。

名人遗踪

MINGREN YIZONG

钱御史与衣锦桥

杭州考古发现，在公元8世纪70年代，就开始夯土修筑防止钱塘江大潮水的江堤海塘，谱写人与潮水斗争的悲壮的诗篇了。那时的杭州人在朝廷派下来的叫做钱御史的监督下，就在皋亭山南，在钱御史用石灰画出来的两条白线里铺上一层又一层的从山上取下来的黄土，然后二三十个人一齐用力，拉动一个很大的石碌碡(石磙筒)，把土压实，摊一层压一层，直到压出一条长长的土坝。

历史记载证明，在那个时候，是有条件开始这样的大工程的。那时唐朝强盛，政通人和，安史之乱也已经平息，吐蕃入寇长安也是早几年的事，仆固怀恩之乱也平了，而德宗时的四镇之乱还没有爆发。当时又有名将郭子仪、李晟等人镇着，虽然说代宗对藩镇妥协了，但经历安史之乱不久，那些藩镇也没有胆量跳出来做大不敬的事；宫廷里那些有野心的宦官也差不多被收拾干净了。因此，那时候的大唐还真的有点要中兴的样子。这样，钱御史领命来修海塘，也就成了情理中的事。

其实，钱御史被派到杭州，并不是来修海塘的。经过安史之乱，长安和洛阳所谓东西两京地区的粮食突然吃紧起来。那时，充盈的国家粮库早已经被安禄山抢得空空如也。由于战乱导致运河淤塞，断了漕运，南方的稻米也运不到两京。隋唐时期的运河可不像现在的京杭大运河，那时候的运河以东都洛阳为中心，无非是开挖了通济渠、永济渠、邗沟和江南河把钱塘江、长江、淮河、黄河、海河五大天然水系连通起来而已。而那四条人工河渠，特别是江南河，淤塞非常严重。为了不让两京的人饿肚子，就迫切需要打通这些淤塞的地方，尽快恢复漕运。代宗皇帝采取分段包干的办法，在哪个县、哪个府境内的河道，就由哪个县哪个府负责，在限期里打通。至于淤塞最严重的江南河，就派钱御史下来坐镇了。之所以派钱御史，是因为皇帝知道他当年在长安任职时督办漕运盐粮，熟悉

始建于唐僖宗年间的皋亭半山衣锦桥　吴关荣摄

江南水系的情况，而且他干起事来不要命，对拖拖拉拉深恶痛绝。

的确，他对杭州，对江南河，对整条大运河，比别人都熟。钱御史一到杭州，没过几天，就用当年唐玄宗为他的爱妃飞马传送荔枝的速度，送上来一分奏章。钱御史在奏章里说，他到杭州一看，发现有一件比疏通江南河更紧迫的事，那就是修一条江堤，用它来挡住钱塘江的大潮水，不然，先不说民不聊生的杭州人民要继续处于水深火热之中，而且，即使江南河疏通好了，大潮一起，江水倒灌，泥沙俱下，刚刚疏通的江南河肯定又会再次淤塞。皇帝见他说得有理，回他一道御旨：既然修堤如此重要，那就先修堤吧，朕这就挤些银子给你……

于是，皋亭山下，就破天荒地有了第一条海塘。而且，钱御史知道，两京的人还在饿肚子，那疏通江南河的事也是拖不得的。他竟然筑坝跟疏通江南河同时开工，两处工地兼顾着跑。那时可苦了杭州的老百姓，但因为这是为了自己家园的事，深得民心，大家咬着牙撑着，苦战两年，终于既疏通了江南河，又在钱塘江边造好了一条几十里长的土坝。可是，六十一岁的钱御史的身子骨却累坏了。当他拄着拐杖跟着第一船的江南大米，到达东都洛阳码头时，满朝文武，包括功高盖世的汾阳王郭子仪，都从长安赶到东都洛阳码头上来接他了。当然，官员们主要还是去看好多年没有看到过的江南运输大米的漕船，看看能不能早一点弄到江南大米。那年头郭子仪已经快八十岁了，他已经骑不动马，他是坐在轿子里被抬到码头上来的。当拄着拐杖的郭子仪拉着拄着拐杖的钱御史的手，连说钱御史辛苦，钱御史辛苦时，钱御史已经泪流满面，他没有想到郭子仪都会来接他。

钱御史这回的御史当得漂亮，他觉得累掉半条命值得。皇帝看他身子骨实在不行了，就批准他告老还乡。

于是，钱御史要告老还乡了。吃到江南大米的文武百官们包括郭子仪又一次送钱御史到长安灞桥桥头。钱御史要在这里，坐着马车到东都洛阳然后搭船南下回杭州的老家。当大家看到，告老还乡的钱御史连人带家当，只有一辆马车时，不由得都吃了一惊。

“钱御史，你的家当呢?”郭子仪已经没牙了，说话不关风，已经含混不清。

“老千岁，小老儿的家眷，两年前，我去杭州任职时，就跟我回老家了。这次我回京述职，他们根本没来，就在家里等我吃团圆饭哩。马车上这两大箱子，一箱子的书，另一箱子，可是这回万岁爷赏赐给我的衣锦费银子。不少了，够小老儿到杭州皋亭山造个院子，置两亩地了。哈哈，知足了……”

所谓衣锦费，就是告老还乡的安家费。因为钱御史劳苦功高，身子骨也不好，这回皇帝还特意多给了一些。这一来，可把灞桥桥头济济一堂的官员们感动了。郭子仪那不关风的声音，又响起来了：

“大家看到了吧，什么叫两袖清风？这就是两袖清风！文官不爱财，武官不惜命，我大唐的中兴有指望了！……”

就这样，已经告老还乡的钱御史，在官场留下了一个非常好的名声。

钱御史回到杭州那天，就连杭州刺史蔡琰都不知道，因为钱御史租的那艘船根本没有进杭州城。它早从江南河转到上塘河里来了，因为他的家就在城北皋亭山下。

这个家是钱御史因往返上塘运河，熟悉了皋亭山下的倪氏人家，对他们耕读为本、处事明理的品质极为赞赏，很快就与倪氏族人建立了特殊的亲密关系，在倪家人的帮助下造了一间茅屋，曾说要来这里养老。现在他退休了，真的回这个家来了。

前两年，钱御史在杭州疏通江南河、修江堤时，可没少跟杭州刺史蔡琰打交道。他知道，这个蔡琰本是郭子仪的部下，在平安史之乱中立了战功。安史之乱

平息后，郭子仪专门找了几个肥缺，安置他的几个比较亲近的部下，蔡琰就这样被放到杭州来了。在那个年头，郭子仪要保举几个地方官，还不是一句话的事？钱御史发现，这个蔡琰肚量太小，一点小事都耿耿于怀，计较个没完。所以，他就尽量少跟他打交道。他官比蔡琰大，他对蔡琰爱理不理，蔡琰也没办法。今天，钱御史也是思家心切，他想，还是先回家再说。反正今后是无官一身轻，自己在家里养养病，写写字，做做诗，少跟官场的人交往。

不过，因为离家近了，他早从船舱里出来，扶着桅杆站在船头看风景，想看看，看不看得到老家的那几间老屋。在长安，他说他要用皇上给的衣锦费造一所院子，置两亩地，这都是戏言，老祖宗给他留下几间老屋，修一修，刷刷白，足可度日。种点口粮的地，老祖宗也给他置下了。反正家里人不多，就这么过吧。对了，哈，那几间老屋，还真远远地看见了……

谁知钱御史在船头这么一站，可把上塘河两边的四乡八村全惊动了。钱御史是这一带乡农见到过的最大的官，特别他还是个好官、清官，他在钱塘江边修的那条江堤，让乡民们过上了安逸的日子，乡民们爱戴他啊。

于是，家家户户的男女老少，全涌到上塘河两边来看他了。人们欢呼着，向他招着手，钱御史也向乡亲们挥手致意。当钱御史的船在离自家老屋不远的河埠头上停下来，等着家里人来抬那两只大箱子时，河南岸的不少人都想过河来，到钱御史家的老屋里跟钱御史叙叙旧。可是河上没有桥，只有一只小渡船，大家就争先恐后地往船上挤，那小船到了河当中，因为严重超载，一摇一晃，船竟翻了，船上的人都落到水里。上塘河两岸，响起一片惊叫声。钱御史大吃一惊，忙叫家里人先不忙抬箱子，救人要紧，好在，河水不是很深，大家七手八脚把落水人拖上岸。而有个小孩，因为人矮小，一时没有发现，等到孩子抱上来时，已经没了气……

当天晚上，钱御史怎么也睡不着了。本来是件高高兴兴的事，结果却闹出人命来了。而且，由此，一件事使他越想越后怕。江边的堤，是用土压的，还没有来得及在大堤的向水面抛石保护，如果潮水大时，这种土坝容易塌方崩堤，这上塘河上连座桥也没有，万一崩堤了，河南的人逃命都来不及。于是，他躺不住了，连夜去敲族长的家门了。

老族长睡眼惺忪地开门，看见是钱御史。钱御史一身月光，人就站在大门外，他说：

“这上塘河上，该造座桥了……”

“谁说不是？这桥，乡亲们想了好几代了，可是这造桥不像搭建茅屋，那可要好大的一笔钱……我们穷啊……”

“你跟我来。”钱御史跟他说。

他们到了钱家老屋，进了钱御史的房间。钱御史默默地打开那只从船上抬下来的、还没有来得及打开过的箱子。灯光下，一片扎眼的银光。

“这是皇帝发给我的安家费，原本打算把这老屋修一修，现在看不修也能住人。这银子你拿去造桥吧，造得气派一点，银子应该够了……”

老族长呆住了。

钱御史叫来自己的两个儿子，叫他俩把银子抬到族长家里去。族长跟着银子箱，才走了两步，又转过身来：

“造桥要大量的好石板，我们皋亭山的石头硬度差，不能用……”

钱御史拍拍族长的肩，说：

“这我知道。我明天就到绍兴去。我们又不是白要他们的，我们拿白花花的银子向他们买，怕他们不卖我这张老脸……”

说走就走，尽管钱御史身子骨不好，但他还是亲自出马了，他过了钱塘江，租了辆马车到了绍兴柯桥。这里，有个大石塘，大石塘里出的青石板供应大半个浙北。人们修个石牌坊呀什么的，全来这里买青石板。

钱御史直接就到了石塘，还离开老远，就听到叮叮当当的采石的声音，这里的生意火红着哩。果然，采石场的路边，就码着许多加工好的条石和石板，用船运回去直接就可用。

钱御史找到石塘的老板，报出自己的名号后，那老板就对他点头哈腰了。钱御史说：“我还曾经当过你们会稽李知州的授业老师，今天我来用白花花的银子买些石板，就用不着他出面了吧？”老板点头哈腰地说：“好，我这就安排人工给你采。”钱御史说：“不用了，就那些现成的我拉去就行。”说完他大手向那些现成的石板一指。这一来那老板急了，忙说：“那不行，那批石料可是你们杭州刺史蔡琰蔡大人来买的。怎么能让你钱大人拉去？”钱御史老眼一瞪，说：“蔡琰买这些石板干什么？我这是要修个桥，成百上千的老百姓过河就等着这个桥了。你跟蔡琰说，石板是我钱御史拉走的，让他再等几天！”

真是官大一级服手服脚，尽管是个已经退休的官。当天下午，皋亭山的船就

到了，白花花的银子现付，一块块的石板就拉回去了。钱御史办事就这么高效，一如早两年他修海塘。

而钱御史回杭州才打听到，他蔡琰在西湖边一处风景最好的地方，圈了一块地，买这些石板准备在那里造一个私家花园用。钱御史想，我是为了老百姓，你是为自己享福，你的理由上不了台面，你不敢和我争。

钱御史办事的高效是出了名的，两三年后，在皋亭人家，特别是倪氏族人的帮助下，一座漂漂亮亮、气气派派、牢牢固固的大石桥，就出现在上塘河上了。老百姓高兴啊，走在新桥上，大家都把这桥叫做御史桥。族长还准备在桥头立一块石碑，石碑上就刻上这三个字。钱御史忙说："万万不可，要叫，就叫衣锦桥吧，因为这是皇上恩赐的衣锦费建造的……"就这样，上塘河上，这座大石桥一直到今天，还在为老百姓服务。衣锦桥的名字，也一直叫到今天……

衣锦桥造好了，可是事情还没有完。钱御史知道蔡琰是个斤斤计较的人，他对在钱御史面前落个下风一直耿耿于怀，就是说他一直在计较那几块石板的事。事实上，西湖边那个花园他倒真不是为自己修的，他认为，郭子仪对国家、对自己都是恩重如山，现在，老千岁年事已高，北方冬天太冷，他在西湖边修一个花园，准备把它送给郭子仪老千岁，把老千岁接到杭州来住。他连那花园的名称都想好了，就叫它郭庄，或汾阳别墅……可是，由于那几块石板，这事被搁下来了。是年秋天，他回长安述职，把这事告诉郭子仪了。他还加油添醋地说，你们说钱御史两袖清风，我看不见得，他修桥无非是笼络人心，修桥的钱多半是他前几年疏通江南河时贪污的……郭子仪还真把这当回事了，他派了两个亲信暗中下来查了。结果，钱御史疏通江南河的账清清楚楚，而那座桥，却是钱御史拿自己的衣锦费修的。桥头的碑钱御史不让立，可那碑却立在皋亭山下老百姓的心里，立在老百姓的口上。那两个亲信回长安把这事跟老千岁实话直说了，于是郭子仪心里对钱御史肃然起敬，他也看清楚了蔡琰的为人，立刻把蔡琰的杭州刺史给撸掉了。可是老千岁还不许蔡琰回长安，而是罚他在衣锦桥桥头搭一个小亭子，并叫他每天到那个小亭子里去，上班半年，让他天天看老百姓怎样高高兴兴地在桥上来来往往，让他体会如何做人的真谛，使他成为一个拍马屁拍到马腿上的典型。从这件事上我们也可以看出郭子仪的人品。

不过，后来，西湖边，在杨公堤头，还真的有个郭庄，也叫做汾阳别墅的极佳的花园。那已是民国初年，一个姓郭的，自称是郭子仪后人的晋商买下这个花园，他说他是在孝敬郭子仪，不知道郭子仪的在天之灵知不知道这件事。当然现在的郭庄早已经回到人民手里，你愿意，天天都可以去。

注：本文属民间文学作品，其素材主要来自民间搜集，经不同老人口述印证，整理而成。因年代久远，对历史人物的阐述可能会有些偏差，请读者见谅。

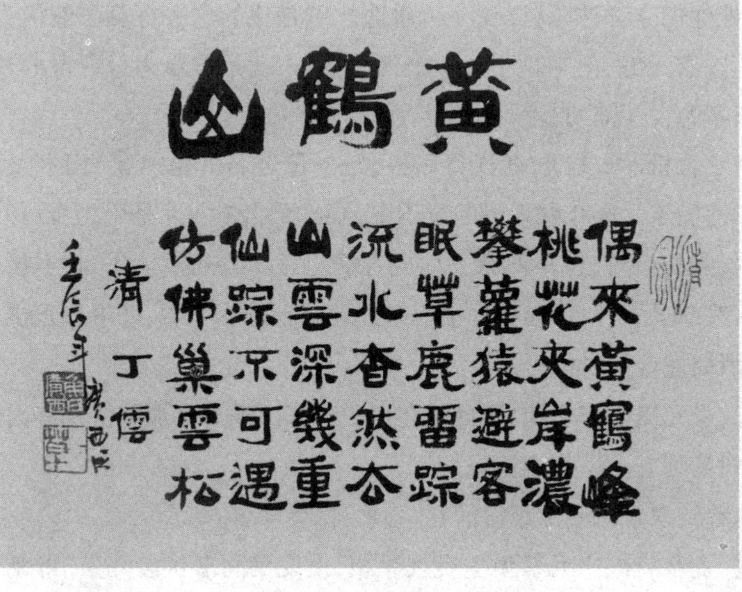

清丁僊咏《黄鹤山》诗

刘基半山破风水

1368年朱元璋在应天府称帝，年号为“洪武”，后平定天下，统一中国。按理，朱元璋是志得意满，万事如意了。但是他忌惮于那些以往的结义兄弟，如今的开国元勋们居功自傲，生怕他们危及自己刚刚建立的大明皇朝，就想寻找机会，趁机把他们全都诛杀，以便一劳永逸。可是他的这一打算虽然极为隐秘，也做得算是天衣无缝，但却瞒不过一个人，这个人就是被称为亘古奇才、智慧堪与诸葛亮齐名的大军师刘基。

刘基字伯温，号文成，浙江青田人，是一位著名的星相家、相术家和预测学家。他在辅佐朱元璋夺取天下的过程中，早已看出朱元璋是个患难可共、富贵难同、心胸狭隘的枭雄，也早就有了功成身退之意。但刘基也深知，不找个合适的机会就贸然前去辞官，只会更加引起朱元璋的猜忌。心想：此事反正也不急在一时，不如悄悄地等待时机。

一日，朱元璋上完早朝，还沉浸在文武百官山呼万岁那种特别醉人的感觉之中，便召刘基到书房品茗、对弈。

刘基看到朱元璋心情难得的好，心想：机会来了。

于是，刘基就同朱元璋说他夜观星相，发现民间潜伏着几条“野龙”脉象，若不及早铲除，一旦时机成熟，就会形成与大明王朝分庭抗礼的势力，继而危及到朱家的江山社稷。为了消弭这些隐患，他决定像僧侣一样云游四海，寻访、发现那些可能危害朝廷的祸祟之源，将其铲除在羽翼未丰的萌芽之中，以保大明江山千秋万代永世相传。

朱元璋想清除开国功臣，最大的顾虑其实正是刘基。他知道刘基精于预测推算，此事必定瞒不过他，若是将他的计划透露出去，那么非但这一计划难以得逞，甚至还会引发功臣们的造反。如今刘基说要去云游四海，等于是向他表明了要置身事外的姿态，他又何乐而不为呢？况且大明朝刚刚建立，还远没有稳固安定，各地确实还隐伏着一些不容小觑的反抗势力，刘基肯去明察暗访，消弭隐患，也算是在帮自己的忙，于是就装作十分关切地说道：“刘爱卿，你是朕的心腹忠臣，朕最信服的就是你，好吧，此事就由你操办，出行的时间也由你安排决定，朕到时为你饯行。”

刘基趁机说：“陛下，择日不如撞日，臣打算明日即行。”

此话正中朱元璋的心怀，巴不得刘基早些离宫，马上传旨内务府连夜为刘基准备好出行的度牒、印信和必要的银钱票据。

次日一早，皇宫内没有盛大的饯行仪式，也没有惊动在京的达官贵人，刘基便服轻装，告别朱元璋出宫而去。

刘基离开应天府，登船顺长江水道出海，又沿海来到钱江湾，然后转入吴古水道——上塘河。不久，船就到了杭州城东北的皋亭山地区。

这日天气晴朗、万里无云。刘基在衣锦桥古埠上岸，登上杭城北部的皋亭山（半山），举目远眺，那极目无穷的濒海临江气势，一望无际的原野盎然生机。俗话说“家有财，贼惦念”，“江山美，豪强夺”。皋亭山如此美妙，不由得引起了刘基的低头沉思，心想，在这人杰地灵、绿水青山的鱼米之乡，很可能会有真龙显圣，争霸中原江山。

说实在的，刘基并不难舍朱家王朝给他的国师爵禄，更不在乎改朝换代。他清楚改朝换代，无非是阴阳重合，改换了帝王将相，却改不了天地，改不了老百姓被统治的地位。

因此，无论谁家坐上了帝位，对百姓而言还不是老样子度日。况且，封建皇位在世袭过程中，都会由盛而衰，由衰而竭，最终被人取而代之。但是眼下，连年内战搞得中原大地满目疮痍、饿殍遍地。刚刚建立的朱家王朝举步维艰，百废待兴。有道是“一将功成万骨枯”，若不久再发生战乱，则国无宁日、生灵涂炭。作为大明朝的开国军师，即使不为朱家统治地位着想，也得为天下百姓福祉考虑。因此，刘基乐意行走天下，消弭一切不利于明朝统治的任何因素，好歹也要让百姓安居乐业一阵子吧！

这时，刘基抬起头，重新审视面前环境的时候，忽然发现，一道紫气在太阳光的照射下，冉冉上升，并不断地向东西南北延伸、扩展……

刘基心想：这紫气不就是王者之气，是向当今皇朝争夺江山的龙脉之象吗？

他为了搞清这紫气因何而生，为何而现，便在皋亭山中迂回踏勘。当他来到娘娘庙后的半山，看到庙前的地形地貌时，心说：哦，果然如此啊！难怪难怪！！

原来，刘基看到了娘娘庙头山门，极像一条巨龙的龙头，上塘河南岸的两条水渠一左一右，恰似巨龙的两条胡须；头山门旁的两口水井清澈明亮，像极了龙的两只眼睛；山门两旁的两株高大的银杏树，又似两条上翘的龙角；一条直通娘娘庙的拱形卵石大道，恰似巨龙的鳞片；卵石道中途的半路亭，似是巨龙的爪子；娘娘殿周边的青松古樟，状似逼真的巨龙尾巴。

刘基断定这是一条身心形态基本成型，正在大量吸收日月精华，不久就将功德圆满，将有飞跃九天之能，足以抗衡朝廷之势的巨龙，若不及时出手，真的将会祸患无穷。于是，他急忙进城，向府衙授意行动方案。

府衙接到刘基的密令，不敢有半点迟误，即日组织衙役人等，到皋亭山治山改河了。

且说，众衙役在皋亭（半）山湾搭建工棚作为临时住所后，根据刘基的安排，马上就开始行动。不到两个月时间，从前半山前的景物已被毁得面目全非。那原来上塘河南岸的两条河渠被填掉了一条，成了龙的断须；头山门前的水井被毁掉了一口，象征戳瞎了龙的一只眼睛，使它变成了独眼龙；山门旁的似龙角的两株高大的银杏树都被伐倒在地，就像敲断了龙的大角；而那条状似巨龙身上鳞片的卵石道路也被从中间挖开，敲掉卵石，铺上了发白的石板，等于龙肚皮朝天，巨龙已死，再也不会兴风作浪了。眼看工期接近尾声，就在最后要砍除娘娘殿周边的七八株古樟树时发生了出人意料的状况。

那日早上天气晴朗，春日的太阳照在人身上暖洋洋的，舒服极了。衙役们用过早餐后，按计划背着锯子板斧，去完成最后砍伐长在龙尾巴上的古樟树。当衙役们来到娘娘庙大殿前的石板道地上时，不知怎的，那几颗古樟树上停满了一群乌鸦，“哇呜、哇呜”的悲鸣不断，听得人们心里发毛，似乎是在提醒大家砍树不祥的预兆。

衙役们本来就觉得这些古树生长多年，轻易砍掉实在可惜，但迫于那点月俸（薪水）养家，不得不根据上峰主意，拿着工具上山来了。现在他们看到眼前的情景，正好磨洋工偷懒，大家围坐在台阶上抽烟。

乌鸦悲鸣的消息很快传到了首领百夫长那里，这个不信鬼神家伙，以为是下属怠工而编造的谎话，便气急败坏地跑上娘娘殿，狠狠地臭骂了衙役一顿后就逼着大家动手砍树。说来奇怪，刚才树上还叫得厉害的乌鸦，不知一下子飞去了哪里，再也听不到烦恼的悲鸣。这时，那百夫长为了给部下壮胆，特意从下属手里抓过板斧，率先高举起板斧，向大树砍下去了……

不知道是自然界的偶然巧合，还是冥冥之中的报应，就在百夫长的板斧落下的时候，蓦然间，“豁朗朗”一声炸雷响起，直震得人们耳鼓生痛，惊疑不定地四下观望。而那个在下属面前装得天不怕、地不怕的百夫长，其实也是个嘴硬心畏的家伙，当他听到炸雷响起，惊得浑身发软，手一松，板斧滑落，正好砸在自己的脚背，痛得他喊爹叫娘，再也无心伐树，在几个衙役的搀扶下，滚回府衙去复命了。

刘基看完杭州府衙的禀报，觉得事情已办得差不多了，便提笔在奏表上批下“龙脉已毁，剩尾无碍。善待乡民，酌情补偿”十六个大字，交杭州府衙督办。

于是，这场流传在民间的刘伯温半山破风水闹剧就这样草草收场了。

康熙寻胜半山行

公元1684年，也就是康熙二十三年的莺飞草长时节的一个早上，这天气也真的帮忙。昨天还是春雨绵绵使人愁，今天就晴起来了，而且晴得这么好，端的是风和日丽：天上有几朵棉絮似的白云在轻轻地飘，一边还有牧歌声声入耳。杭州城东北半山下那条车马大道路边，停着几乘便轿。乘轿子的人已经下轿，沿着那条进香的山道，上山去了，轿子边，只有几个轿夫坐在柳荫下“游和”（一种长条形的硬纸片做的麻将牌），等着那几个北方口音的大阔佬游山回来再坐轿子。

被轿夫称作大阔佬的一行四人，一个三十郎当的看上去是大老板，一个像是他的管账先生，两个跟班在后头跟着。今天老板看上去心情很好，他一边在石板路上走，一边看着漫山遍野怒放花团锦簇的映山红，不由得诗兴大发，他吟道：

春雨清畿甸，朝阳艳山城。
凤舞人乐业，山道踏歌行。

这一来，他身边的“管账先生”不能没有诗了，于是他摇头晃脑地呼应道：

满山杜鹃溪涛声，春满江南迎飞莺。
君为江山千古业，臣陪万岁求天神。

哎哟，我的妈呀，什么老板呀管账先生呀，原来是两个大内高手护卫着一个皇帝和一个大臣。不用说，皇帝自然是康熙，他身边的这位，自然就是康熙最喜欢的，走到哪带到哪的翰林学士高士奇！是的，这是康熙皇帝浩浩荡荡的第一次南巡，到达杭州后的第五天，一大早，俩人就摆脱浩大的仪从，来了一次微服私

康熙游山石刻图　吴关荣摄

访。反正旁边没有人，高士奇就把两人的真身份吟出来了。今天他们的目的地就是半山——皋亭山里所有的寺庙。这一天康熙要寻访一个人：康熙不知道从什么地方得到消息，说那个让他魂牵梦绕的大才子伍次友在杭州的一个什么庙里做和尚，这回他到了杭州，就算是把杭州所有的寺庙都寻访一遍，也要把伍次友找出来。然后好好地跟他谈谈，让他跟着回北京去做官，君臣同心把千头万绪的国家大事处理好。

那还是十多年前，康熙还没有亲政。那一年正逢大比之年，自信满满的少年康熙突发奇想，他让主管太监去弄来一张考卷，认认真真，就是凭着他的真才实学，做完了考卷，填了个化名叫龙儿，叮嘱主管太监不让主考官知道，把那张考卷夹到所有的考卷中。结果发榜时，就这个“龙儿”居然得了个第三名的榜眼。少年康熙对这个结果还很不服气，他把如果殿试合格就要成为状元的一名叫伍次友的人的考卷调来看了。里面有一篇文章，题目是自命的，看了那题目，少年康熙就吓了一跳：

《圈地乱国论》！

文章一开头，作者用经过实地调查得到的大量数据和具体实例，开列了当下流行的以鳌拜为代表的一大班开国功臣，在入关后，贪得无厌的、大规模的圈地活动。接下来，作者写出圈地的直接后果：大批农村破产了，千百万失地的农民流离失所。于是，国库空虚了，满汉矛盾激化了。社会处于大动荡的前夜。作者断言，若此风不煞，我大清将成为一个非常短命的王朝……

少年康熙看得浑身热起来了，他的血在燃烧。作者的忧国忧民之情让他动容，他立刻让他身边的一个女人陪着他，找到伍次友在北京的落脚的地方。这个女人不是康熙的嫔妃，那时的康熙还不懂男女之事哩。严格地说，她只是康熙的一个保姆，是他的祖母孝庄皇太后派到他身边来照顾他饮食起居的。她叫苏麻喇姑，比康熙要大好几岁。她救过康熙的命——在康熙很小的时候，他得了天花，病到最重的时候，气若游丝，就连他爸爸顺治皇帝都把他放弃了，他被扔在一个庙宇里，生死由命了。他的身边，只有苏麻喇姑一个人。就是苏麻喇姑细心的照料，小康熙从死亡线上回来了，而且，活得很好。所以，一直以来，少年康熙走到哪里，苏麻喇姑就跟到哪里……

他们找到伍次友的住处。于是，这一科初定的第一名与第三名见面了。在伍次友眼里，这个龙儿是一个才华横溢、养尊处优的富家公子。而在少年康熙眼里，这个伍次友身上集中了中国读书人所有的优点：他极富正义感，他学识渊博，才思敏捷，对时局有着深刻的见解。少年康熙觉得跟他谈天，自己能学到很多东西。这以后的几天，少年康熙跟已经化名为“婉娘”的苏麻喇姑几乎天天来。伍次友的谈话越发没有拘束了。他说，他如果有左右朝政的权力，他第一就是除鳌拜，禁圈地，化解满汉矛盾，然后是平三藩，收台湾，平噶尔丹，抵御咄咄逼人的沙俄……他把当时大清面临的所有的内忧外患都列举出来了。这一席谈话太重要了，对康熙的影响是深远的。就像诸葛亮与刘备的隆中对。有雄才大略的康熙亲政后，完成的一件件大事，都在伍次友开的这个单子之列。于是，少年康熙知道这是个罕见的人才。他知道，如果鳌拜们看到他那张考卷，一定会对他下杀手的。而那张考卷鳌拜一定会看到，只是个时间问题。于是，他给他搬了住处，把他保护起来了。那些日子与伍次友频繁的交往，还产生了一个副产品：早已过婚嫁年龄的苏麻喇姑看上他了，而伍次友也对她有了好感……

在殿试那天，没有亲政的康熙在金殿上只是个摆设，实际上对考生们进行殿试的是辅政大臣鳌拜们。当然，伍次友的考卷他看过了，他对这个不知天高地厚的年轻人恨之入骨，他已经安排好，在殿试之后除掉这个人。少年康熙与鳌拜在保护与杀害伍次友上暗中进行着惊心动魄的较量。当伍次友走进金殿，一眼就看见坐在龙椅上的少年康熙时，这一惊自然非同小可，一个“龙”字就脱口而出。好在，他反应快，说出口的就变成“龙——万岁”了……

结果，今天的这场殿试，鳌拜与伍次友的唇枪舌剑的交锋就变得精彩异常，我们这里就不再一一赘述了。坐在龙椅上的少年康熙只是在想，自己安排的所有救伍次友的措施，会不会有疏漏？

按规定，所有考生在殿试完，都要从紫禁城的后门神武门出宫的，到时候会有太监来带，而鳌拜安排的武士正在景山前等着伍次友。伍次友走出大殿时一身轻松，他知道，什么状元公，那无非是一个五光十色的肥皂泡，破吧，反正他一点也不在乎。只是，今天在金殿的龙椅上看到龙儿，他心里很不是味，原来自己这些日子在一直被人耍……还有那个婉娘……别做梦了，一个皇帝，会把他身边的女人让出来吗？

他从太极殿里出来时，一个小太监对他说：“先生，跟我来……”

结果，他们没有从神武门出宫，而是从西面一个边门出了宫。伍次友只记得，那门上方的匾上，留有一个李自成的箭头……

宫门外，有一辆马车等着。伍次友上了车，车就走了，出了西直门……本来，按少年康熙的安排，伍次友将被拉到一个地方养起来，等他除了鳌拜后，就可以得到重用……可是，他出了北京城后，就死活要下马车，说家里七十岁的老母亲在等着他。于是，只好让他下车，谁知这个人就犹如泥牛入海，没了一点消息。前不久，听到消息，说这个人在杭州的一个寺庙里当和尚了。大概他听说苏麻喇姑闹死闹活地闹着要去当尼姑，才有这个念头的吧？现在鳌拜不在好多年了，他出来做事，应该是一点障碍也没有了……

所以，康熙想，今天哪怕把半山、皋亭山翻个底朝天，也要把他伍次友翻出来。他甚至最后想学一学晋公子重耳，他为了寻那个介子推，请介子推出山，就放了一把火，把整座棉山都烧掉了……我今天把皋亭山烧起来，你伍次友能不出来？

高士奇是大半个杭州人，他对杭州熟，说这些寺庙他都来过。比方，朝这条山路上去，有个半山娘娘庙，是当年的赵构造的。赵构这个皇帝当得怂，康熙不喜欢。半山娘娘庙里又只有一个老尼姑，康熙就说我们不去也罢，可高士奇说，

这个半山娘娘救过赵构，灵得很的，我们去求求半山娘娘，或许她会指点迷津。康熙说，那就去吧。

说着，庙就到了。庙不大，前后两进，前殿是娘娘庙，后面小一点的是观音殿。果然，观音殿里一个老尼姑在念经，可能耳朵背了，问她什么她都摇头。当随从从他背着的包里拿出一个大大的银元宝作为香火之资递给她时，她竟然连眼皮也没抬。这个人倒是宠辱不惊啊！

不过，康熙还是在半山娘娘的神像前跪下，认认真真地跪拜了。大概他想，这个神救过当年的高宗皇帝，我也是皇帝，今天我也有疑难，你也该帮帮我吧？他还真在半山娘娘的神坛前，把自己的这个想法跟半山娘娘说了。

果然，康熙刚刚站起来，一行人走出大殿，只看见前面的山道上，大步走过来一个青年和尚，他一边走，一边高声唱着：

阳春三月天气新，半山道上多丽人。
仆随君王外出行，群山披绿竹风韵。

康熙大惊，他问高士奇："我们什么地方露出破绽了？什么'仆随君王外出行'？他像是知道我们的底细？"

"没有呀……"高士奇也是一脸的惊愕。

于是，他们叫住了那个青年和尚。

"请问，师傅是哪个寺庙的？"

"龙居寺的。"和尚回答。

"刚才你唱的歌，是谁教你的？"高士奇问。

"我师傅呀！我师傅说，就这一两天，肯定有一主一仆会到山里来。"

"你师傅俗姓什么？"

"姓伍。"

"多大年纪？"康熙急不可耐地问。

"不到四十，比你大些。"和尚说。

康熙高兴得一跺脚：

"哈，这半山娘娘果然灵验，立马就显灵了。你们两个赶快去招呼轿子，我们立马摆驾龙居寺！"

于是那个大内高手屁颠屁颠地去叫轿子了。当轿子上路时,康熙竟然在轿子里唱起来:

“垂柳飞絮艳桃李,半山进香谒仙寺……”

轿子走出好远,山野里才安静下来。可刚刚静了一下子,突然来了几个公人,他们是从仁和县来的。他们进了半山娘娘庙,围着那个老尼姑问:

“刚才有人来过了?”

老尼姑点点头。

“他们是谁?”

“我怎么知道他们是谁?”

“他们留下东西没有?”

老尼姑这才拿出那锭银子,那公人接过,再把银元宝翻过来,元宝底里,一个“大清国库”的大印,赫然在目。于是,那公人叫了起来:

“是他们,快通知县太爷,准备接驾!……”

这一来,这些人有得忙了。

鲁广西的扇面画

蒋氏参拜娘娘庙

拱墅区政协编纂的《流淌的文化》一书中记载了蒋介石到娘娘庙的一段轶事:“据半山老人回忆,蒋介石也曾来过,时间是1940年春,是坐乌壳轿上来的,有四名随从,当时倪寿林和他爷爷在场,还有十来个香客,只见蒋介石先到大殿转一圈,回出,信步走到亭子阁,一见汉白玉碑文,便脱帽致礼。而后,回到大殿由随从烧香燃烛,并进行三拜九叩首,行大礼跪拜。在整个烧香过程中,蒋始终沉默不语,前后约二十分钟离去。蒋介石一遇事就要烧香拜佛,看来他当时心事很重。”

另据许明主编,由杭州出版社于2014年出版的《半山记忆》书中载:“1937年11月5日,日军登陆杭州湾,12月24日兵分三路侵入杭州,杭州沦陷,直到1945年才得以光复。从这样的历史现状看,作为中国政府首脑的蒋介石主要活动地点在重庆,虽然具体参拜时间有待考证,但是蒋介石曾经来过半山,走进半山娘娘庙参拜半山娘娘,却是不争的事实。”

那么,蒋介石究竟是什么时候来半山的呢?

我们再一次查找各方面的历史资料,同时,多方打听、寻访在世的周边老人,一有线索,就立即登门拜访。为此,经过前后两年多的时间,走访了横跨皋亭山二十多里的四邻八乡,重点拜访两百多人次,遗憾的是知情者实在很少,有价值的资料更少。

正想放弃查证的时候,巧遇了皋亭山龙居寺的居士叶正祥、龙居寺当时的管理负责人金文兴、沿山村老村长金文平,还有居住在汤镇(乔司)槎溪旁的卢永冈、上塘河前的卢永高老人等,经他们介绍说:“此事最好要去问龙居寺的末代和尚(印山师傅),只有他可能知道得比较清楚。”此后,就专程到石王民俗文化活动室,终于拜访到了印山师傅。

印山师傅，俗名高发龙，幼年（八岁）被父母送入龙居寺，成为悟源大师门下“印”字辈的入室弟子。“印”字辈师兄弟有印木、印草、印水、印谷、印山一共五人，1937年时五人的平均年龄仅有十多岁，其中印山师傅还不到十岁，是年龄最小的一个小师弟。

“印”字辈根据师傅安排，各司其职。如印谷师兄，日常与义工（善男信女）们一起耕耘庙前寺后属于龙居寺管辖的农地（即庙产地），以解决寺内僧人的生活所需；印水师兄着重帮助挑送饮用水、洗刷水及放生池水面的清洁；印草师兄则是整理寺内药用花草的栽培及后续管理；印木师兄负责寺内外树木的修剪整理；剩下的印山师傅便是巡守山林，以防止上坟烧纸钱不当引发山火的工作。因此，五兄弟除了早晚功课外，其他在一起的时间并不多。

1938年2月印山师傅的四位师兄惨遭侵华日军的残杀后，仅剩印山师傅与他的恩师苦守该寺。新中国成立后，印山师傅在政府的劝导下还俗，与当时余杭县的一位农村妇女组成家庭，生有一子，取名“耿耿”。

印山师傅对我国的民族传统文化非常热爱、情有独钟，他对“文革”后修建的石王民俗文化活动室大力支持，每逢初一、月半的民俗活动他都积极参加，并给予指导，是一位优秀的民俗文化传承、弘扬的践行者。

如今，曾孙绕膝，八十七岁高龄的印山师傅依然健康健谈，思维清晰，叙说往事，条理清楚，如数家珍。当被问到蒋介石何时到过皋亭山，只见他略作思考后便侃侃而谈：“蒋介石到过皋亭山几次我不知道，但知道蒋介石曾经到过龙居寺和娘娘庙至少三次。”

印山师傅说：蒋介石第一次到龙居寺是1935年的下半年，他为啥能记得很清楚，因为那也是他被送入龙居寺做小和尚的第一年。当时他还不知道蒋介石是什么人物，只晓得他带了一小队人进大殿烧香拜佛后，跟已做方丈的师傅在室内聊天，他们（蒋的侍卫）不让他走近，他也不敢进去，就不知道他们在说些什么。直到后来才听说蒋介石请师傅解梦。

蒋介石第二次到龙居寺的时间是1949年1月底的上午，他身着便装，手拄拐杖，带着一小队人在大殿里敬过香后，又到方丈室里品茗寒暄，约二十分钟出寺。

蒋介石第三次到皋亭山娘娘庙敬香，时间是他来龙居寺后转道过去的当天下午。我虽然没有看到他是如何去的，但听来寺内有几位亲眼所见的香客叙述蒋介石乘坐小轿前往，我觉得此事应该是真实的。

通过采访，笔者认为印山师傅的话比较客观真实。他说的蒋介石第二次到皋亭山是1949年1月底，就是蒋介石在军事上遭受严重失败，毛泽东发出《解放全中国，将革命进行到底》号召，解放军百万雄师准备横渡长江，全国各地反饥饿、反压迫、反独裁游行示威活动如火如荼，内外交困中的蒋介石迫于各方面的压力，于1949年1月21日在南京宣布下野，由李宗仁代任总统。

此时，蒋介石为了显示他的诚意，在宣布下野决定后的当天下午就乘火车离开南京，说要告老还乡回奉化溪口去了。

蒋介石乘坐的火车中途停靠杭州城北的笕桥车站，便下车住进了建造在笕桥中央航校里的美龄楼。在这里，心情郁闷的蒋介石到皋亭山龙居寺、娘娘庙朝山进香，实在是出于他的无奈之举。抱抱佛脚，求佛保佑。此事作为下野后蒋介石的生活琐事，倒有可能难被正史记录了。由此可见，《流淌的文化》书中记载的蒋介石到半山娘娘庙进香，时间为1940年春的确有误。因为，1940年春，正是抗日战争最为激烈、艰苦的阶段，蒋介石作为最高军事指挥者，据史载资料分析，他应该坐镇在后方的四川重庆。再则，那时的皋亭山属于敌占区，蒋介石作为军政首脑，是不可能轻易涉险到敌占区的皋亭山来拜佛的。

通过进一步与倪家在世的前辈老人求证核实，认为《流淌的文化》记载蒋介石到娘娘庙的一段轶事中，两处有误：1.据半山老人回忆，蒋介石也曾来过的时间有误，1940年春应该是1949年春。2.（蒋介石）坐乌壳轿上来的，有四名随从，当时倪寿林和他爷爷在场，这里有误，那一年倪寿林的爷爷早已经过世，是倪寿林和他的父亲倪爱明，轮值管理娘娘庙这一年香火安全而在场的。这段文字里的“倪寿林和他爷爷”应为“当时倪寿林和他父亲倪爱明在场”。

附注：自娘娘庙建成后，庙内的香火安全管理归属倪姓十二家轮值，每年一换，每次一年，直到新中国成立初期。

半山又遇贵人星

太平天国后的杭州萧条得惨不忍睹。首先是人口的骤减。太平军占领杭州三年,杭州的人口从八十一万人锐减到只有七八万人。就连钱塘门里的井亭桥一带都长满一人多高的蒿草,大白天野狗叼着饿死的小孩的尸体乱跑。李秀成在半山驻过军,半山一带更是十室九空,摇摇欲坠的半山娘娘庙的道地上是东一堆西一堆的马粪……

好在,中国人医治创伤的能力也是惊人的。太平天国之乱平息后,上八府、浙南、皖南大量的人口迅速流向杭州,短短十来年工夫,杭州这个“东南形胜,三吴都会”又繁华依旧了。其中一些佼佼者,凭着他的商业头脑,趁着天时、借着地利,在杭州这片地场上,把他的生意做得风生水起,强龙就是压倒了地头蛇,以至于后来日进斗金,富可敌国……比方那个从皖南的绩溪流落到杭州的胡雪岩……

“扯那些人干什么?几十万人来到杭州,也就出一个胡雪岩。我们管自己过日子罢,可是眼下,这日子就不知道怎么过下去了……”半山倪家村的倪承林老爷子又对儿子宝林长吁短叹起来了。

劫后的倪家村也就剩下五六十来户人家。外地人一到杭州,都涌进杭州城做他们的发财梦去了,没有人会留在这个杭州城外的小山村里。倪姓的这五六十来户人家中,就数倪承林老爷子年岁最高,即使论辈分,也是他最大,所以村里的大小事,全到老爷子这里讨主意,倪承林老爷子就是倪家村的族长,就是倪家村的主心骨。所以就论过日子,倪承林不仅仅要想着自家,他还要想着全村人。比方“长毛”退出去那会儿,他就说:“这半山娘娘是我们大家的保护神,别人无法来上香,我们自己是一定要敬上香的,我看我们一起动手,去把那些马粪扫扫掉。”

于是，半天后，庙里庙外就干净了，半山娘娘也不再那样灰头土脸了。可是，干净是干净了，但望着那被白蚂蚁蛀空的梁柱，望着大殿西墙整体向外倾斜，大家也只有干着急。大劫难之后，家家都一贫如洗，就连春荒能不能渡过都是个大问题，要集资重修娘娘庙，是这五六十来户倪姓人家想都不敢想的。

“快去我家，把我留着准备做棺材的那几根木料背来撑一下，要不真要倒了！……”倪承林老爷子开口了。于是他儿子宝发和其他几个小伙子就动手了。还都亏老爷子留下那几根木料。当年他不知道用什么招，在李秀成的眼皮子底下藏下这十几根长长的木头。

于是，倾斜的庙墙好歹被撑住了。可是，靠这么撑，又能撑得了几天？

二月初八的桑秧会，倒是来了不少的香客，海宁、桐乡的不少养蚕户都来了。倪承林老爷子去庙里，看看那只空空如也的功德箱，也只有长长地叹口气。这年头大家都难，你能到人家口袋里去掏？

这天，在娘娘庙的台阶上，坐着一个给人看相的自称得到刘伯温真传的什么半仙，他在那里等着愿者上钩的鱼儿。倪承林老爷子顾自己叹着气，没有去理他：人家刘伯温仙去几百年了，你扯出他来干什么？

“老人家何故长吁短叹？”反正没有生意，那半仙问他。

老爷子苦笑了，问他：“你看我这庙还撑得了几天？”

那半仙这才回头看了看大殿，脸露惊异的神色：

“啃，这庙是该修了……”

老爷子瞪了他一眼：

“你这不是多说的么，谁不知道该修了？……”

“那干嘛还不修？”半仙回瞪了他一眼。

老爷子用脚踢踢一边那只装铜钱的小木箱：

“你傻呀，这个呢？”

半仙笑了：

“敢情你是为铜钱叹气啊！……我给你卜一卦试试？”

老爷子笑着说：

“我身上可没有钱……”

“我能收你的钱？你是庙主，这台阶让我坐，不赶我走就行了，我的卦真的很灵的……”

老爷子来兴趣了，反正闲着也是闲着。他蹲下身子，把半仙放在木箱子上的三个康熙通宝连扔了三次……

半仙大惊失色，人从台阶上一弹而起……

“坤上坤下，第二卦……”

“怎么回事？”倪承林老爷子问。

“我今天给你四句爻词，这爻词我也不相信。可这卦象就该得到这四句话……”

于是半仙摇头晃脑，吟出四句词来：

饿虎得食喜气欢，西南方向贵人来，
大龙银元箩担挑，娘娘显圣否极泰。

半仙向倪云林打了个揖：

“老丈，恭喜了！难怪昨天晚上我夜观星象，看见西南方向的角宿一特别亮，这星象原来落在这里。老丈，你的贵人星是西南方向的两个女人，其中一个年纪轻轻，还没有出嫁……快回去准备挑银元的箩担吧！……”

倪承林老爷子被他说得云里雾里了。他当然不相信他的话，银元拿箩担挑？做梦去吧！

下午，贵人星没有等来，他女儿宝香却回来了。去年，家里经济拮据，宝香经过杭州城里的亲戚介绍，去城里的一个大户人家当佣人，她一般难得回家。今天不知是什么风，把她吹回来了？

“我侍候的瑞香小姐这两天去上海跟一个外国人学钢琴去了，放我两天假……”宝香说。

“家里的饭只怕你吃不惯了吧……”老爷子又叹了一口长气。

“哪能呢，再苦也是自家的饭。有什么活要我干的吗？”女儿看来一刻也闲不住。

“午饭后去帮你妈洗衣服吧。你先歇着，陪爹说说话。”老爷子心里一动，“你干活的这份人家，是我们这里的什么方向？”

“应该是西南方吧，我们东家到处都有他的房子，你要问他的哪处房子。就他日常住的房子，应该是我们这里的西南方。”宝香不明白父亲为什么今天要问这个。

倪承林老爷子一骨碌从竹躺椅上坐起来了。西南方，贵人星？……

“你还没有说过，你们东家究竟是谁呢？”老爷子问。

“胡雪岩呀，我说过多次了，是你自己不要听，我哥喜欢听，我就专门给他说……”

又是胡雪岩！儿子倒是常常提到他。

“这个胡雪岩究竟是做什么生意的呀？”倪承林老爷子问。

“他的生意可多了去了，主要是做丝绸生意，在河坊街上还有一个最大的中药铺，就是大名鼎鼎的胡庆余堂。他还开钱庄，当铺，日进斗金都不止……他在杭州就有十二个姨太太，在上海还有，杭州的十二个姨太太被称为东楼十二钗，但他最喜欢对他生意帮助最大的那个翠环姑娘，可大家都叫她罗四夫人……胡雪岩有十个儿子，九个女儿，但他最喜欢的也就是我侍候的瑞香小姐……瑞香小姐比我大一岁，她的生母不在了，可她跟罗四夫人最亲，一天到晚粘着她。那罗四夫人见老爷喜欢瑞香，她也就把瑞香视为己出了……”一提起胡雪岩，就打开了女儿的话匣子。

倪承林老爷子认定，自己的贵人星，就这两个女人了。于是，他问道：

“那个胡雪岩既然是做丝绸生意的，为什么不来拜我们的半山娘娘啊？远远近近的蚕农都来拜了，拜过了，蚕茧就有好收成，蚕茧收成好了，他才有丝绸生意可做。他连这点道理都不懂吗？就连皇帝，都来拜过半山娘娘，他的架子比皇帝还大？这个胡雪岩看来真不是个东西……”倪承林愤愤地骂道。

于是宝香不说话了，她想，自己的父亲也好笑，他这些话也只有在自己家里说，你去见见胡雪岩试试？想必就连他家的大门也不让你进，就被人叉将出来了。

过了老半天，她父亲才说了一句中听的话：

“你去跟那个瑞香小姐说，我们这里的庙会是很热闹的，让她跟她的四妈妈来玩……”

“这句话等瑞香小姐从上海回来，我一定会跟她说的。”宝香这才笑了。

快吃饭时，老爷子又急急地跑到半山娘娘庙，他是去找那个半仙的，他想跟他说，你的卦还真的有讲究，事情看来有眉目了。反正家里为了女儿回家，煎了两个鸡蛋，他想请他来家吃饭。可是，到了庙门口，哪里还有那个得到刘伯温真

传的半仙的影子？

于是，宝香回去后，倪承林老爷子就天天掰着手指头数日子了，离立夏的庙会还远着呢。可一只手才扳完，这天的日上三竿时，宝香就急匆匆地来家了，人还没有进门，就“爸”“爸”地大叫着，连说“人来了，人来了”。倪承林老爷子问谁来了？宝香说，瑞香小姐和她的四妈来了。这么快，还没有庙会呢。宝香说人家才不会在人多的时候来挤什么庙会，人家是来给蚕神一门正经地上香的……

于是倪承林换了一件过得去的长衫，在娘娘庙前站了不多一会，两个青衣汉子，看上去像是保镖，跟着两乘便轿，直接到了庙的大门口，两个珠光宝气的女人——从年龄看像是姐妹俩，下了轿。宝香在身后一推，老爷子赶紧点头哈腰地迎上去了。宝香比她爸更快，迎上去介绍说：“这是我爸，算是倪家村的族长了。”于是两个女人向老爷子点了点头，一行人进了庙门，旁边的一间厢房，几天前就收拾干净了，可是，瑞香和她的四妈没有进去坐，对于那个看庙的老头泡的茶她们也没有胆子喝。她们就直接进了大殿。

“这就是那个救过赵构的撒沙夫人？”想必宝香已给她们讲过半山娘娘的故事，罗四夫人对着神坛上的神像问。

“她其实就是我们倪家村的闺女，叫囡囡。”一旁的倪承林说，“她被金兵杀死后，成了神，曾经托梦给她妈妈，说上界要她主管下界的蚕桑业，她身上附着嫘祖之神的精魂，所以远远近近的蚕农全来拜她，这些年，她真的很灵的，拜过了，蚕茧就丰收……”

“所以啊，我们做丝绸生意的，就来拜她了……”罗四夫人说，“来人，上香！……”

于是，一对九斤重的蜡烛点起来了，一边的宝香赶紧点了一把香，递给罗四夫人。

两个女人跪拜完毕。瑞香赶紧搀着她的四妈要离开。她说：“四妈，我们快出去，我看这大殿快要倒了……”

罗四夫人这才抬头看看梁和柱，说：“喔，真是……”

出了大殿，她们还是不肯进厢房，而是绕着大殿走了一圈，她们当然也看见支撑着那面墙壁的几根木头。然后到了西面的观音殿，也上了香。

最后，两个女人才进了厢房坐下。刚一落座，瑞香就开口了：

“四妈，大难之后，倪家村里的人过日子都难，就连族长的女儿都进城当佣人了,我们帮他们一把,把这半山娘娘庙大修一遍吧……”

“你没看见刚才我绕着大殿走了一圈了吗?我在看哩。要修就里里外外,彻彻底底修一修,就连观音殿都修,这实际上是重建了。没有几千个银元下不来。这样,倪老族长,明天,你叫个壮汉,挑一副箩担来。宝香不是还有个哥吗?明天就让宝香她哥来,今天宝香就在家里了,明天就带你哥一道来。胡家的这点主我还是能作的。况且,拿银子做这种事,老爷一定是高兴的……”

站在一边的倪承林老爷子突然觉得头有点晕,好在,他的背后有墙……两个女人一口茶没有喝,就起身了。于是,老爷子点头哈腰,送走了两乘轿子……

第二天,宝发真的挑着一副箩担,跟着他妹妹进了城,进了大井巷……当天日落西山时,他挑着上面盖着破衣服的半箩担一百多斤重的大龙银洋,在胡府的两个保镖的护卫下,回到家里。据他自己吹,是那个貌若天仙的瑞香小姐带的路,带他到了胡府的银库里,门打开后,他眼都花了,那银元就直接堆在地上,山一样的一大堆。他们让他自己装,挑得动多少就装多少,他那时只恨自己力气小,只恨路太远……

大半年后,一座全新的半山娘娘庙就屹立在半山山腰上了。大门两边,是倪承林老爷子自己写自己刻的一副楹联,非常直白地说出山里人,说出倪家村,说出千千万万蚕农们的心情:

助银修庙靠夫人罗四,
添福积德有小姐瑞香。

在那座新庙的大门口,宝发常在那里吹,说自己是修庙的第一功臣,可已经回家的妹妹老是要刮他的脸,说要不是她跟瑞香小姐说好了,把罗四夫人引来,哪里有银元让你去挑?可是,村里人说,第一个该把名字刻上去的,倒是宝香……

而倪承林老爷子对儿女们的争吵全不感兴趣,他只是在到处找那个半仙。此人太神了,莫非他是刘伯温所化?他真想请他好好喝顿酒……

几十年后,日本鬼子的炸弹,又让这里变成白地。什么名字,什么楹联,全没有了……接下来,是一个汉奸,修了个茅棚庙……再后来,倪家村人有钱了,他们又让半山娘娘庙焕然一新,成为民俗文化活动等非物质文化遗产项目的重要传承基地……

贤达共济修古桥

有句话叫“路遥知马力，日久见人心”。用这句话来形容半山下的衣锦桥，再恰当不过了。人们走在桥上，就想到修桥人钱同宣，他离世许多年了，人们还想着他，念着他的情，记着他的好。

但是，由于那个年代没有钢筋水泥，也没有条件进行太好的基础施工，大桥维持不了太久，而且半山下面又都是沙土，地质条件也不是很好，到了南宋末年，它还是塌了。

等到忽必烈得到天下，他们的天下是从马背上得来的，他也想依靠马背来巩固蒙古人对天下的统治。他的官吏、士兵，包括那些十户长、百户长，平时都是骑着马来来去去，这一座断桥使得他们非常不方便，于是杭州的知州牙一咬，着令仁和县限期把桥修起来。反正桥塌石头在，被当地农民偷去一些，百户长贴出布告：偷去的石板三天内抬回到桥头，逾期不交的砍头！石板可不是别的小东西，那都是藏不住的。这一来苦了那些农家，砌到墙里的，拆房子！垫到大门下当门槛的，拆大门！家家闹得鸡飞狗跳的。

三天后，衣锦桥的石板一块不少地都回来了，有一块被打做猪槽，就那只猪槽也不敢不抬到桥头来。于是，请些工人，把那些石板按原样码好，这桥又算是修好了。这倒不是蒙古人多么为老百姓着想，实在是桥断了，他们骑马太不方便。

一转眼，到了明朝。天启三年，一个临江五图里名叫周名扬的读书人，十年寒窗，一朝得中进士，被放到仁和县任知县。临江那地方就是我们今天在浙赣线上坐火车常常要经过的江西樟树，原来叫临江道，明太祖朱元璋把它改成临江府。那地方苦啊，他爹把他取名叫名扬，就是指望他书读出来名扬天下光宗耀祖，所以他到仁和的任上，就一心想做点事出来。这个七品芝麻官踏察了整个仁

塘河春色　吴关荣摄

和县,他被当年那个用自己的衣锦费来为乡亲们修桥的钱同宣的事迹深深地感动了。可是再看看眼前的衣锦桥,由于当年蒙古人只是把石板按原样码好,基础的毛病没有解决,码的时候又没有水泥,眼前的桥又是摇摇欲坠,变成危桥了。

周名扬文笔很好,他立刻向朝廷上了一道奏章,陈述了抢修衣锦桥的重要性。里面有这样几句话:

……此桥系着民心,就连化外的鞑子都把抢修该桥当作第一要务,况我大明至圣明君乎?即使不计此桥关乎民生大计,仅仅它是以一个清官全部衣锦费所成,其对大小官员的教化,亦堪称万世之师表矣。若任此桥塌垮,吾辈将愧对青史……

尽管那时明朝已处于衰败之时,处处捉襟见肘,熹宗皇帝朱由校还是在奏章上批上"速办"两字,下到水利道,水利道不敢拖延,一个月后,经费就拨到仁和县了。

于是,衣锦桥在明末,又得以大修了一次。

有句话叫白驹过隙，是用它来形容时间过得快的。这不，一晃又过去一百四五十年，已经到了大清乾隆年间了。衣锦桥又变得破败不堪，它又成危桥了。于是，层层上报，请求朝廷拨款修葺。这个报告到了杭州府就被搁置没有再往上送。因为那时杭州急于要做的事情太多，拿这么一座乡间的小桥去麻烦朝廷，这不是自讨没趣吗？当时的杭州，应付皇帝的一次又一次的下江南还忙不过来，一点经费都拿到西湖中间的小孤山下为乾隆皇帝造行宫去了，那是需要华丽了再华丽的。如果这桥在西湖边，皇帝要看到的，那倒是要考虑的，在那个地方，你垮就垮，倒就倒，暂时顾不上了……于是，所有这些报告，就犹如泥牛入海，没了消息。

这一来，有个人坐不住了。谁？半山倪家村倪甫仁家的上门女婿王宏褚。

乾隆年间的倪家村，倪甫仁可谓是村里的首富了，可惜，家里人丁却不那么兴旺，两老膝下，只有一个独养女儿，小字宝钗，倒也长得花容玉貌。两老把这个女儿当作掌上明珠。他们早就放出口风，想娶我家女儿，任你是皇亲国戚，任你富可敌国，没门！我家只招上门女婿，生出娃还是姓倪！的确，他们家的倪宝钗不仅长得出挑，而且是心灵手巧。倪甫仁家的首富，说穿了，就是他这个十八岁的女儿挣来的，原来宝钗姑娘能捏泥猫。她捏的泥猫惟妙惟肖不说，还特别可爱。拿到半山娘娘庙前去摆摊，要价比别家的高，还一摆出来就卖光，两三年工夫，不管你信不信，就凭着她捏泥猫，把倪家变成了村里首富。难怪，倪家他们不肯嫁这个宝贝女儿了。

这一年的三月初三，端的是风和日丽，皋亭山一半山的桃花是如火如荼，繁花似锦。于是，游人如织，就连海宁、桐乡那边的公子哥儿，都成群结队过来踏春了，一表人才的王宏褚也是其中一个。

凡到半山看桃的游人，自然而然地都会踏进半山娘娘庙。可是，王宏褚到了庙门口，就不肯进去了。因为，他的注意力全部被庙门边上一个卖泥猫的摊子吸引住了。严格地说，是被那个卖泥猫的大姑娘吸引住了：她对每一个光顾她摊子的游客都笑靥如花，脸上那两个酒窝太吸引人了。还有，她那腰身……于是，他去买了一只泥猫。

“大姐，这泥猫好可爱噢，都是你捏的？”

倪宝钗点点头，她甜甜地笑着说：

“我们这里卖的泥猫全是自家捏的。大哥看上去家里不像种田的。家里也养蚕?”

“我是嘉兴来的,家父过世了,我们家混充是个书香门第罢。”王宏褚回答,两眼还是直勾勾地看着她。

“家里不养蚕,买泥猫干什么?”

“我觉得蛮可爱的。”他还把泥猫放到鼻子下闻,“真香……”

“我泥巴里可没有加香水。”倪宝钗又笑了。

“大姐的手捏出来就香了……”

过了一会儿,他又买了一只。一转身他又买了一只。一转眼,他就买了五只。倪宝钗知道这个人不对了,她求隔壁摊子的三婶去给他泼冷水了。

“喂,这个嘉兴来的先生,我跟你明说了罢,你别做梦了,这个姑娘不嫁人!她爹早放话了,任你家是皇亲国戚,任你家富可敌国,他们家的姑娘就是不嫁!死了心吧……”

“为什么?天下哪有不嫁人的姑娘?”王宏褚睁大了眼睛。

“她爹说,他们家只招上门女婿。你愿意做上门女婿吗?生出来的小孩都得姓倪……”三婶一盆冷水浇过来。

谁知王宏褚来了个满口答应:

“愿意,愿意,我父母双亡,一个人在嘉兴开馆授课,上哪教书都一样。前朝大才子唐伯虎,为了秋香,卖身为奴都愿意,我也能写诗能画画,在嘉兴有‘小唐伯虎’之称,我做个上门女婿有什么不愿意的?这地方风景这么好,做这个地方的人是上辈子修来的福分。求求婶子了,快给我去说……”王宏褚急得跳起来了。

于是,三个月后,王宏褚就成了倪甫仁家的上门女婿了。洞房花烛夜,他对新婚的妻子说,一个大男人,说什么都不计较,是假的。不过,他会努力的,他相信自己,到下一个大比之年,自己一定能考出去。到时候,好歹放出去做官了,就带了老婆去任上,她爸妈想必不会拦的。到时候生一大堆孩子,说好了,凡是长得像她的,就姓倪,凡像他的,全姓王……

到这时候,倪宝钗才知道,丈夫的心高着呢。

现在的王宏褚就决定要露一手给岳父看看,给倪家村的人看看,看看倪甫仁家的上门女婿是不是个人物,他要以当年的钱御史为榜样,把衣锦桥修起来,所不同的,钱同宣凭的是朝廷发的衣锦费,我除了自己筹,还去募捐,我相信那句

话：苦心人天不负，我一定要在体体面面离开倪家村之前，做一件大好事……

于是，他向岳父和盘托出自己的想法。

第二天，半山娘娘庙大门边，在那些卖泥猫的摊子边，出现一个现场作画的摊儿，他专门画猫，落款写明，为修衣锦桥义卖。他画的猫笔墨老到，布局有气势，颇有唐伯虎遗风。他的画跟他老婆捏的泥猫，成了半山娘娘庙珠联璧合的双绝……

在这同时，半山、皋亭山，他一个个寺庙去跑，跟那些住持僧交朋友，喜欢诗的，跟他们诗词唱和；喜欢画的，跟他们丹青会友；喜欢谈佛论道的，他们会发现，这个年轻人佛学的造诣颇深。最后，精诚所至，金石为开，他们都乐意为了修复衣锦桥慷慨解囊……

这一来，倪家村的人全被这个上门女婿感动了，每家都答应出一点。到最后，村里的首富倪甫仁摸着胡子，乐呵呵地说："我包炉底，不够的全部归我……"

于是，衣锦桥大修工程，又一次开工了。

大修工程开工后，王宏褚扑在工地上，采购石料，他去绍兴，为了赶在洪水期前完工，他借来了洋人带进来的汽灯，日夜连着干。那辰光，倪家村里的男女老少也都没有闲着，烧山芋米粥做点心的，送茶的全都上阵了。

真是"人心齐，泰山移"。老族长被王宏褚等众人的事迹感动，他决定刻一块石碑，把出资人的名字都刻上去，完工后立在桥头，以此开导后人。

因此，老族长对王宏褚说："我知道你画的猫好，但你的文笔更好。我要你把为修衣锦桥出钱出力的人名，包括你为啥发起修桥的事都写出来，我会请人刻在石碑上，让后世知道。"

王宏褚连忙摇着双手说："族长太爷，修桥原是大家的事，修桥全靠大家出的力，若您叫我写王宏褚，晚生万万不敢从命。"

族长想想也对，年轻人怎会标榜自己呢！

于是，族长就去找在本族塾馆授课的先生，请他写了：

衣锦桥建于唐僖宗二年，毁于宋南渡之末，复建于元世祖时，至明天启三年，临江五图里人周名扬者，乐善好施，见桥将圮(注)，请于水利道葺而新之，以迄于今。

乾隆四十三年重建会首仝。王宏褚、心诚师、余世昌、叶文侯、曹耀千、胡沛高、王贤仓、袁配周、王大文、鲁楚玉、倪甫仁、王茂昌、王天发、倪鼎忠、倪大昌、倪新候、姜大发、性天师、妙德师、莫道师。

程圣玉助纟十千足

关于这块石碑，还有一个小故事：石刻师傅把这块碑刻完，看看天色已晚，就把这块石板留在石料堆旁边，便跟随督造阿大去吃晚饭了。当晚工钱结算后，没有再去工地。

晚上的工地上点起汽灯在挑灯夜战，几个石匠在砌桥墩，也许石匠们不认识字，也许他们没有注意或是阴差阳错，这块刻着字儿的石板，竟被他们把有字那面砌到桥墩里面去了

第二天，督造阿大见碑石不见了，急得要命。不过他知道，那块有字的石碑，可能被石匠砌到桥墩里去了，若要返工，可不是小事，还是先去跟族长汇报吧。到时候再刻一块石板吧。

督造阿大忐忑不安地找到族长，向他说起碑文不见之事。

族长平和地说："碑石不见了就算了，也许这是天意。想当年御史大人钱同宣，他独自扛起一座桥，也没见他立什么碑呀！"

后来经历几次洪水，泥沙干脆把整个桥墩包了起来。

2004年4月8日上午9时许，衣锦桥在抢救性修复中。在龙门石下面，意外地发现从北桥堍向上东侧第七档台阶下，朝里那面藏有碑石，拱墅区皋亭文化研究会接报后即刻采取保护措施，同时向半山镇政府报告并致电有关新闻单位。此古碑宽58.5厘米，高33.5厘米，共16行，计140字。后来杭州文管会的人来了，说要把这块石碑拉到杭州碑林去保存起来。

注：碑文中的"记 "应为"圮"。

古庙新篇

GUMIAO XINPIAN

古庙复建走访记

祝金生

杭州城北有座山，叫皋亭山，也叫半山。

半山有座古庙，叫半山娘娘庙。起初庙在半山腰。据说，半山的名字，也源于此。

半山不高，庙也不大。

然而，山不在高，有仙则名；庙不在大，有圣则灵。

杭州的山属于婉约派，都不高。玉皇山高237米，南高峰256.9米，而半山主峰约361米。山虽不高，却很秀丽。半山是西天目山向东的余脉，绵延数公里，起伏有致，很有气势地兀立在杭州北郊的平原上。有人称它是的守护杭州万家灯火的绿色屏障，也有人说它是安放在天地间的神秘宝匣，里面藏着许多历史典故、传说和故事。

而半山娘娘舍身救康王的史事，便是一曲悠远、动听的千古绝唱。

建炎二年，即公元1128年的农历二月十四日，宋高宗赵构从涌泉院（今龙居）翻墙逃出，被金兵追杀。赵构逃到皋亭山西南坡半山腰，已上气不接下气，再也跑不动了。可是，后面金兵的追杀声却越来越近了，赵构不由得绝望地悲叹：“吾命休也！”这时，附近恰好有位在松树下耙松针的小姑娘听到赵构的悲叹，抬头见是一位身穿华衣的男子，就知道他是被金兵追杀的宋皇室要员，便叫他躲进坡下的一个坑洞，并在他身上盖上松针，将他藏得严严实实。

不一会儿，金兵追到，问：“看到衣着华丽的赵构没有？”

小姑娘回答：“看到了，看到了，他往那边跑了！”小姑娘用手指往无人的西山方向。金兵信以为真，急忙朝她指引的方向追去。

赵构趁机逃脱。

当金兵追了一阵仍然不见赵构，知道上当后，就气急败坏地返回来，把小姑娘杀害了。

当时，小姑娘才十五岁。

这个小姑娘姓倪，是皋亭山下的倪家村人。倪家先祖在唐天宝年间，为避战乱，从湖广襄阳举家南迁，在这里落户，世代以耕读为本，勤劳农桑。娘娘从小受家训熏陶，深明大义，在康王危难之际，捐躯为国，以一个少女羸弱的生命，救了一个朝廷。要不，南宋在杭州的这段历史，就得改写了。

后来金兵败退，南宋定都临安，即杭州。宋高宗赵构敕封救他的倪家小姑娘为“撒沙护国显应娘娘”，建庙于皋亭山半山南坡的半山腰。

半山娘娘为何又成了“撒沙夫人”呢？

明代的庙碑《撒沙夫人庙记》有记载：高宗脱险后，“不日夜梦，神曰：‘吾当助王。’王问尔：‘何仙何神？’对曰：‘姓倪。’次日接战，忽狂风大作，向北扬沙，金兵目尽瞀，宋兵鼓勇，俘斩无数，兀术北遁，宋中兴，实肇于此”。

不难看出，这个敕封，也是为皇帝撑面子的。

身为真命天子的皇帝老儿，被一个山村女孩所救，似乎有点不太体面。如今是神救驾，是神助阵，赵构岂不也沾足神的光了。

半山娘娘庙，我去过三次，都在近两年。

一次是2015年腊月初八，我们几个文友，相聚在半山脚下，由民间文学家吴关荣先生领路，登上了山腰里的半山娘娘庙遗址。

遗址是一块平地，不大，尚存一座石亭，一块石碑。石亭有石条凳供座。石碑高两米左右，岁月久远，碑面风剥雨蚀，文字却依稀可辨，刻的真是《撒沙夫人庙记》。我边读边思，似乎在字里行间，听到金兵的追杀声和零乱的脚步声，似乎看到倪氏女孩那双机智勇敢的明眸……

当我从想象中回过神来，四周山风轻拂、山林轻摇、山峦轻飘。

山中好宁静。

我们又原路返回，到达已经迁移到半路亭遗址的娘娘庙。

这座庙新建不久，袖珍式的，却精致。庙里香火极旺。跨进庙门，里面三进三殿：半山娘娘殿、观音殿、忠烈祠。殿宇飞檐翘角、画栋雕梁、金碧辉煌。娘娘殿前面的庭院式场地上，两座香炉烛火通明，香烟缭绕。殿内殿外，香客熙攘，人头攒动，有的跪拜祈祷，有的点香上烛，有的供果捐款……

沐恩亭　吴关荣摄

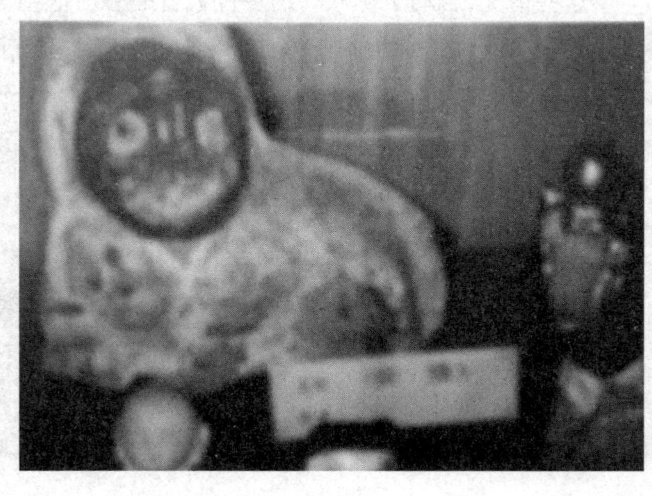

无锡惠山泥人厂珍藏于厂部陈列馆内的泥猫，时为厂内大师应娘娘庙所需而特别制作的泥猫样品，已具上百年的历史。2001年，倪洪祖率队参观考察泥人厂时，倪连庆摄

使人诧异的是，在庙里的空地里、走廊上摆着一张张桌凳一个个摊，有人在为香客理发、推拿、搭脉、缝衣……

我一问，是志愿者，是义工，免费服务。

一庙的慈悲，一庙的奉献，一庙的布施。

我想，半山娘娘在天之灵，看到这一平和的景象，一定会露出欣慰的笑容的。

然而，我又想，好端端的在山腰的娘娘庙，为何要移到山下来呢？

这个谜，后来才解开。

2016年的腊月初七，也是由文友吴关荣牵头，我第二次到半山娘娘庙。这天，见到了曾为重建娘娘庙操劳了二三十年的前辈们。他们是倪连庆、倪齐潮、倪云炳、倪林荣。他们都七十内外的人了，一脸沧桑、朴实。我们一张木桌、一杯清茶，聊开了重建半山娘娘庙的事儿。

以倪连庆讲述为主。

原先，在山腰的娘娘庙，香火一直很旺，旺了九百来年了。世世代代，它是老百姓祈求风调雨顺，祈求平安纳福的朝拜圣地。

然而，日寇侵略者把它视作眼中钉。

抗日战争时期，日本鬼子的飞机轮番轰炸，把它夷为平地。从此，这里残墙断墟，荒草萋萋。

转眼来到1987年，这里有出现一拨拨进香者的身影。遗址上有香烛照天烧。然而，山上风大，露天里火舌摇曳、火星四溅，好几次险酿成火灾。还有一次，一个老奶奶背着香袋，登上山腰时心脏病发作，一头昏倒……

这些情况，触动了倪家村的一位老者的心。他寝食不安，他想人们对倪氏娘娘的崇敬怎么能造成灾祸呢？于是，他萌发了一个新的想法，如今太平盛世，政策宽松了，老百姓经济宽裕了，我们何不化缘募捐在山下重新建一个半山娘娘庙呢？

这位老者就是倪洪校，当时他年已六旬。

无独有偶，另外几个老人也有这个心思，如杨来子等几位长者自发在募集善款。还有老奶奶倪金莲，她也设法募集了一些钱，在溪边砌了石坎，搭起了简易石棉瓦棚，塑一个金身女像，名曰半山娘娘庙。也自然有善男信女来烧香、拜祭。但毕竟太简单、太简陋了。

一天，杨来子在理发室找到倪洪校。两个老人一边剃头，一边议建庙的事，

倪洪校正在思考复建娘娘庙　照片由皋亭文化研究会提供

你一言，我一语，谈得默契投机。这时，倪洪校作出号召大家联手共建的决定，得到大家的赞同。随后杨来子等人，交出善款有四千多元钱。

洪校伯说：“不够，不够。”

他就亲自一家一家登门去募集资金。

一天，他跑到离半山镇两三里外的金典桥，那里也有个村子，村里居民都是倪家后裔，他们听说洪校伯为造娘娘庙来募捐的，马上有十多户人家解囊相助，凑齐了一笔钱，两万多元。

“一个好汉三个帮。”洪校伯造庙的号召，得到了村内外许多人的响应。倪连庆、倪齐潮是他的得力助手，他们各自分工负责财务、采购、施工、后勤……

当时他们还没有退休都在工厂上班，但一下班，就往建庙工地上跑，没有半丝儿含糊，不怠慢、不马虎。尽管都是尽义务的，无钱无利，但他们一个个心甘情愿以造庙为己任。

年事稍高的杨来子也是如此，在工地上几乎每天都能看到他忙碌的身影。

洪校伯在一家大型企业管过食堂，虽为草根，办事却站得高，看得远，有大将风度。

有次，倪连庆半开玩笑地说：“现在我们钱紧，但今后庙造好了，香火旺了，化缘多了，多余的钱怎么办？”

洪校伯道："钱多了，就重塑金身，修桥铺路，资助教育。"

洪校伯还说："半山娘娘是我们倪家的，更是大家的。你们记住，我们不搞一家姓，要搞百家姓。做事要打十七档大算盘，不打十三档小算盘。半山娘娘庙在历史上曾是家庙，现在应该是国庙。半山娘娘忠烈报国，是一种文化，文化是社会的。"

当倪连庆说到这里，我猛地一惊。洪校伯这段话，竟和当年吴越王钱镠的话如出一辙，有异曲同工之妙。

我记得钱镠八十一岁，曾把皇眷和将吏们召到床前道："子孙善事中国，勿以易姓废，事大之礼。"由于钱镠的嘱咐，吴越钱镠以后的四个国君，始终不计钱姓家室得失，而以保国保民平安为重，最后纳土归宋，使吴越生灵免遭涂炭。

在建庙的事情上，洪校伯是掌门人。

他每天都要到连庆、齐潮的家里转一转、议一议。该商量的事，无论事大事小，一旦落实了，他就转身走了。干脆、利落。

1993年，娘娘庙落成了。

1998年又建起了观音殿。

洪校伯天天如此，议大事、抓大事、定大事。

随着时间推移，洪校伯渐渐年迈体弱，后来，终于病倒了，住进了半山脚下的省肿瘤医院。

1999年农历六月廿一日，洪校伯托人带口信，要见连庆。连庆急忙邀集齐潮、健康，他们三人于傍晚时分赶到医院。病房外，暮色渐浓，病房内灯火暗淡。洪校伯脸朝里床躺着，他听到声音，便转过身来，睁开眼睛看着连庆，用微弱的声音说："要和你商量。"接着，他问："你们看，庙里的公章交给哪个？"

连庆说："交给倪洪祖爷爷！"

他赞同道："好的。"但他又担心道："洪祖这个人啊，不错。就是心太软，遇到事情时会拿不定主意。"

连庆说："没关系，有事我们大家一起商量。"

洪校伯歇了一口气，又问："娘娘庙的全把钥匙交给云炳好不好？"

连庆回答："好的。"

洪校伯又补充了一句："连庆啊，庙里的事，要你挑大头了！"

连庆答道："靠大家，三个臭皮匠，顶个诸葛亮。您放心。"

洪校伯见该交代的都已经交代了,便闭上眼睛,又转身朝里床睡去。

洪校伯,这个为造娘娘庙操劳了后半辈子的长者,此刻他安心了,放下了,无牵无挂了。

第三天,即六月廿三日,这位令人敬重的洪校伯驾鹤归西。

接班的倪洪祖,也年近七旬了。他不负众望,如造念佛堂,他为节省开支,和助手们一起,经常出现在工地第一线,为购料、装车、挑沙泥、搬石头出谋划策。

一年工夫,念佛堂竣工,原计划用十五万元,结果仅花了九万多元。

民间传说,南宋半山娘娘庙落成后,娘娘座前经常出现七彩神猫,非常可爱。倪氏后代就挖山泥,仿制神猫,置于供桌,请回家去镇于蚕室。说也奇,老鼠即销匿得无影无踪,蚕茧年年丰收。此乃"半山倪氏蚕猫",也称半山泥猫。明崇祯六年翁汝进曾有文记载,清翟以权也作诗《泥猫》曰:"范土作狸猫,虚威吓鼠辈,功策蚕室奥……"

杭嘉湖一带蚕农很相信这一传说,每逢二月初八桑秧会或清明蚕花节,他们赴半山娘娘庙进香,返程时总要人手捧一只泥猫回家,有望来年"蚕花十二分"(蚕茧好收成)。

后来,庙没了。泥猫也失传了。

然而,洪祖伯想起了它,半山娘娘庙是宝,半山泥猫也是宝,都是中华民族的精神财富,都是一种传统文化。不可丢。要恢复。

于是,2001年,年已古稀的洪祖伯和连庆、齐潮、云炳、健康、爱仁、明仙、王桂珍、陈文玉、杨连珠等,在江浙一带四处走访,打听泥猫的下落(打听制作传统泥猫的手艺匠人)。

后来无锡一家泥人厂的一位技师对他们说,他小时候当学徒时,曾做过泥猫。现在这种泥猫,早已绝迹。那位技师挺热心,他见洪祖伯一行挺焦虑和渴望,他就帮助他们一起在仓库、车间到处寻找。苍天有眼,在产品陈列室的角落里,他们蓦然看到蹲坐的一只泥猫。泥猫满身灰尘,泥漆斑驳、脱落,连胡须都掉下了。

但洪祖伯他们如获至宝,拍下了照片。

后来洪祖伯与技师商量:"你帮忙帮到底,帮我们把泥猫复活吧!"

技师答应了。

于是,洪祖伯组建"泥猫挖掘小组",九上无锡,和泥人厂的技师、工人们一起设计、画图、做模子、试样、修理、定型。

那年夏天，盛暑酷热。他们为节省开支，从杭州到无锡，无论汽车或火车，都是当天来回，路上以点心充饥，汗流浃背，疲惫不堪。

终于，新的半山泥猫——温和、敦厚、漂亮又威严的双面泥猫，成功问世。

2002年5月，皋亭文化研究会成立，倪洪祖任会长。

2006年和2007年，半山泥猫先后被评为市、省级非物质文化遗产。

娘娘庙的第三任接班人是倪云炳。

当时，半山娘娘庙是老年活动室名义造的，简陋了一些。说简陋，是因为它存在着随时会有坍塌的危险。

所以，倪云炳一接手后，就决定在原址上重建。

遵照上级要求"地址不能变，面积不能扩，高度不能超"的规定，2012年，一座庄严、辉煌的半山娘娘庙巍然矗立在半山南麓。

半山娘娘庙重建之顺利，承蒙上下的鼎力支持。

政府领导的态度很明朗：半山娘娘庙是历史文化，影响大，要保留。

现在，半山、虎山、龙山三个公园连成一片的半山森林公园，是国家4A级风景区。偌大的公园，郁郁葱葱，有了娘娘庙，万绿丛中一点红，又有历史文化底蕴，岂不是锦上添花吗？

娘娘庙的重建，还得到民间百万集资，倾囊相助。

且看庙墙壁上，林立着一块块功德碑，上面镌刻着捐款者的名字，密密麻麻，宛若繁花，宛若天山上群星。

而且，里面有不少故事。上海有个老奶奶叫张春林，她的小女儿在美国硅谷工作，患癌症。在美国两次动手术，无效。有个晚上，张奶奶做梦，梦见有个自称杭州的娘娘告诉她：第三次必须开刀。她信了，劝她小女儿第三次进医院开了刀，不久，果然病好了。张奶奶就拨通杭州的电话，四处找杭州的娘娘。后来她终于找到了，在杭州半山的一座庙里。

老奶奶喜出望外，先后两次赶到半山娘娘庙来，以她小女儿的名义，各捐款三万元。她外孙女在美国康奈尔大学读书，把毕业后工作的第一个月工资六千五百元也捐给了庙里。她的名字也镌刻在功德碑上：冯涵。

这里还有个小插曲。

张奶奶第一次来捐款时，半山娘娘庙送了她一包半山本地茶叶和两只半山泥猫，黑白的。不料，张奶奶返回美国途中，安检时碰破了一只。张奶奶非常心疼，拿回家又黏又补。她说晚上在黑暗里还见泥猫流泪呢。

她心里忐忑不安，便打电话来说这件事。那天，是倪连庆接的电话。他急中生智，忙在电话里安慰道："没关系，是泥猫水土不服。"

张奶奶第二次来杭州时，把那只泥猫送了回来。

张奶奶的事，听起来有点玄乎，其个中原因，待以后科学来解释了。

还有一个日本老人，原先在笕桥机场骑兵队服役，曾祈求半山娘娘能保佑他平安回到日本故乡。后来，日本投降，战争结束，他如愿以偿。现在他想来半山娘娘庙谢恩。

西湖区有个老奶奶，小时候曾随父母到半山娘娘庙来烧香，留有美好的记忆。现在她听说娘娘庙重建，便将平时积蓄的五千元钱捐送给庙里，不肯留姓名，化缘簿里只写下了"无名氏"三个字。

半山娘娘庙的庙名，是著名书法家郭仲选写的。

2005年的一天倪连庆等人找到郭仲选的家。当时郭老身体不太好，躺在沙发上休息。但他一听到半山娘娘庙的名字，便精神为之一振，说半山娘娘庙，我有印象，你们稍等片刻！说着，他立即挣扎着身子，蹒蹒跚跚，走到书房，沉思了一会，写下"半山娘娘庙"五个大字，字字端正、简约、流畅、清秀。

姜东舒也如此，欣然为观音殿题了词。

娘娘庙重建后，逢年过节，香火很旺。近自杭嘉湖、远至香港，甚至泰国，一批批善男信女前呼后拥，络绎不断。有一年除夕之夜烧头香，点起一百八十斤的大蜡烛。一夜间，点燃的香烛用了三十多对。通宵达旦，红烛映半空，清香绕星天。

还有一次，娘娘庙举办庙会，热闹非凡，社戏、越剧、祭祀、歌舞、杂技、少儿节目……

听到这里，我问："庙里的安全和卫生怎么办，你们要用多少工作人员啊？"

倪连庆笑道："我们没有专职的，都是志愿者。在倪家村、金典桥，娘娘庙的事，就是大家的事。只要我们需要，大家都会来帮忙。我不夸张地说，庙里的事，我们可以做到一呼百应。春节从大年三十到正月十五，还有二月初八桑秧节，三月清明蚕花节，五月初一娘娘诞辰节，庙里都不缺人。志愿者最多的时候，有几十个，维持秩序的，门卫值岗的，清理残烛香灰的，跑杂务的，食堂烧斋饭的……

我们都六七十岁的人啊，也天天在庙里。所以，庙里香火再旺，却井然有序，安全、秩序都确保万无一失。”

这天，我们整整聊了一个上午。

谈的尽兴，听的陶醉。

两天后，我和爱人又去了半山娘娘庙。悄悄地，我想用心去和半山娘娘静静对话。

那天下雨，雨时疏时密；半山的林啊峰啊，在云雾中时隐时现；我们撑着伞走进娘娘庙，庙里钟磬梵音悠扬。我们一进庙，爱人就去点香上烛了。她是很虔诚的。不经意间，我想起了曾国藩写过一副对联：“有意烧香，何必远投南海；真心自善，此处便是灵山。”

我独自走向念佛堂。我想起洪祖伯造念佛堂，这真是一个善举。念佛，禅坐，都是静心养性，净化灵魂。佛经博大精深，里面有哲学，有人生真谛。

恩格斯说过：“辩证法最初来源于佛教。”

孙中山说过：“佛教以牺牲为主义，救济众生，它的动机是大勇、大智、大仁。”

毛泽东说过：“我们再把眼光放大，要把中国、把世界搞好，佛教教义就有这个思想。”

我还没走进念佛堂，却在它隔壁卖香烛的房间里看到一个似曾熟悉的身影。她，中年，胖胖的脸，不高的个子。前面两次我来娘娘庙，都看到她在给别人推拿按摩，一次是给大妈揉脖颈，一次是给大爷捏肩膀，大爷肩膀被捏得通红通红的。虽是冬天，她自己也累得脸上挂满了汗珠。我收起雨伞，走进屋去，叫了一声“大姐”，问起话来。她正在读《黄帝内经》。她放下手中的书，告诉我，她四十六岁，三十年前是从贵州到杭州来打工的，后来在杭州嫁人，落户，住在杨家村。推拿、针灸是她家祖传的。八年前，她到娘娘庙来主要搞卫生，管香烛，做好事，修炼自己一颗心。八个春秋，几乎一天也没落下。

我听了，竖起大拇指，钦佩不已。

她却摇摇头，说还差得远哩。她说，他们，像倪连庆、倪齐潮、倪云炳、倪健康、倪爱仁、倪林荣这些人，二三十年来，扑心扑肝扑在庙里，任劳任怨，不拿庙里一分钱，不吃庙里一餐饭，真正无私奉献，他们才修炼到了家，修成了菩萨。

她的话很朴素、实在，使我豁然开悟，我的心，马上和菩萨近了。

品质高尚者，谓之圣；不平凡者，谓之神。想当初，半山娘娘原是一个十五岁的农家闺女，一定是粗布粗衫，竹担绳筐；而现在凤冠绣袍、慈眉善目、风姿威仪端坐在殿堂受人祭拜，是因为她忠烈大义、功彪千古。

那么，洪校、洪祖、连庆、齐潮、云炳、健康、爱仁、林荣他们，还有功德碑上的奉献者和志愿者们，他们不也是和菩萨无异了吗？

我记得有佛经上说过：“众生即佛，佛即众生，不二法门。”

所谓“仙”，山里人也。

（作者系浙江知名作家）

有幸半山结庙缘

祝金生

一

我似乎与半山娘娘庙有缘。

2016寥寥数日，已几度去娘娘庙。

我是带着一颗敬畏的心去的。

近九百年前，一个十五岁的倪家女孩，上山耙松毛丝，殉身救了南宋宋高宗赵构，使南宋免于灭亡，无疑她是一个民族英雄。她使我想起了岳飞、文天祥、韩世忠、梁红玉……

今天，半山娘娘倪姓宗族的后裔倪洪校、倪洪祖、倪连庆、倪齐潮、倪云炳、倪健康、倪爱仁、倪林荣他们，为重建半山娘娘庙，几十年如一日，含辛茹苦，耗尽了大半辈子心血，既不图名，又不谋利，甚至自己解囊贴钱，经常奔波忙碌。他们的无私无求和半山娘娘当年的无惧无畏，同样是一种民族气节和情节，同样是了不起的，同样使我感动不已。

二

2016年“三八”节，是天下女性的节日。

城里很热闹。

这里很静，只有梵音袅袅，诵经声声。

我的文友吴关荣和倪家村的连庆、齐潮、云炳、林荣已经在庙的一隅坐定了。一张木桌，几条长板凳，几杯清茶，我们就聊开了。

摆在我面前的有几份文件，文件是旧的，纸已经发黄，红色图章有点褪色。文件像电影胶卷，展现出当年不寻常的岁月。

三

现在在中华大地流行的一句金玉良言是："青山绿水，便是金山银山。"

而当时的口头语是："靠山吃山，靠水吃水。"特别是在三年自然灾害中，人们开始"吃"半山了。不少人纷纷上山砍林挖树，一捆捆，一担担，挑到城里去卖钱，换粮换布。上山砍柴人多了，山南和山北为"偷柴"还打起架来了，有人被打断了鼻梁。

还有的办起了采石场，对山开膛破腹。钢钎凿，火药炸，用车拉……

很快地，好端端一座秀丽的青山，被弄得七秃八斑遍体鳞伤。

很快地，好端端一座巍峨的山，被挖出两个大窟窿。每个窟窿十多米深，近千米宽。两个大窟窿，像大地睁着的一双空洞洞的大眼睛，怒视苍穹……

大自然开始报复了，山体频发滑坡，水土严重流失，山泉惨遭污染……

倪氏后裔在植树　倪连庆提供

终于到了20世纪90年代中期，政府颁布了禁采禁砍令。

但如何填补山上的两个大窟窿呢？如何让半山重现春色呢？如何让半山娘娘庙有一片幽静的净土呢？

倪家村两委会制定了《关于半山山体绿化造林规则》，时间2001年3月16日，撰稿人倪连庆、倪健康。

规划像一首抒情诗。

规划提出了“以土养山”的良策，扬起了“利用废土、填堆废矿、修复山体、绿化造林、保护环境、造福子孙”二十四字方针的旗帜。

规划制定了不少具体措施，如：运用杭城改造的建筑废土填补山洞（采石后遗留的大坑）；成立修复半山山体，绿化造林管理组；业务统一归口，建立会计账册，加强财务管理；加强现场管理，安装铁栅栏，控制无序乱倒，凭票倒土，杜绝倾倒生活垃圾。

规划还运用了郁达夫的诗，要在不久的将来重现“相约皋亭山下去，沿河好看进香船”的景色……

四

遵照规划，经村委会同意，管理班子成立了。组长倪健康，副组长倪连庆，成员为倪云炳、倪齐潮、倪爱仁。

然而，要将规划这一纸美文，变成看得见摸得着的现实，还有千头万绪的事情要做，还有漫长的路要走。

好在他们都有一颗造福于民、无私无畏的心。

好在他们都有一颗吃苦耐劳、干惯农活的手掌。

好在他们都有一种心往一处想，劲往一处使的团队精神。

干！

他们发出了同一个声音。

他们都在职的，在各自的企业或科室或车间干活，一下班，就往山坡的工地跑，指引一辆辆废土车缓缓爬上去，将废土填进山洞……

他们轮流值班，或在山下铁栅栏前指挥车辆进出，或在山上调度倾倒废土。他们头顶草帽，任烈日晒、任寒雨淋、任冷风吹、任雪花飘、任尘土扬……

一天天。一月月。一季季。

他们一个个瘦了,黑了。

窟窿一点点填平了,山体渐渐丰腴了。

五

他们还做了两件事情。

原先附近的两家大企业贪图路近方便,曾把这里当作了垃圾场,倒了不少电石灰(即乙炔经过化学反应后的残渣)和刺眼的玻璃废丝,污染了这里的土、水和空气。于是,他们一边用建筑废土填补山坑,一边又设法把这些工业垃圾就地深埋。

另一件事就是绿化。

他们跑到萧山花木市场,买来了几百株桃树苗。桃树是观赏性的,重花瓣花朵的,红红白白,非常漂亮。他们常浇水,又剪枝,几年来,一到春天,这片桃花林,姹紫嫣红,开得特别旺。

他们又跑安吉,跑富阳,买来了一批竹苗,种在桃林上面的山坡上。半山的土属酸性,而竹喜欢碱性的,很难成活。太阳一晒,向阳的一面竹身就开始发黄。为了降低土壤酸性,他们天天把水挑上去,一行行地浇灌,累得满身汗水淋淋。

他们还在路的两边,种上了一排排的樟树苗。樟树四季常青;樟树,是杭州的市树。他们要让樟树在半山娘娘庙的周边也散发出幽幽的清香。

当时他们种下的香樟树只有一人来高,如今已长成参天大树了。

倾倒在山坑里的工业垃圾——玻璃废丝　照片由倪连庆提供

记得当时在观音殿

前,也种了两棵樟树,树干只有拳头那么粗。种的时候,发现泥土不深,下面有硬硬的岩石层。有个旁观者说:“别花力气了,这里种不活树的。如果种活了,我就绕庙爬一圈呢!”

这虽然是一句玩笑话,但激发了大家一定要把它种活的决心。

于是,他们像呵护小孩一样,呵护着这两株树苗的成长。他们不时地在这里转转,给树苗浇水,培土、灭虫。如今,这两株香樟树已经长成两片绿云,给观音殿前的庭院投下浓浓的绿荫。那位旁观者已成了老人,他蹒蹒跚跚地站在树荫下,仰头看看密密绿叶,咧嘴笑笑,再也不提当年要爬一圈的事了。

六

月圆月缺,花开花落,天阴天晴。

世事的无常,注定半山娘娘庙重建也会碰到磕磕撞撞的事。

2001年9月13日上午10点光景,倪连庆正在山上忙着,突然迎面来了三个人,后面还跟着背摄像机的,说是区里来的,他们递过来一份文件。连庆接过文件一看,文件说半山娘娘庙是违章建筑,限三天内拆除。

倪连庆如五雷轰顶,一下子懵了,手上薄薄的文件变得沉重了起来。半山娘娘庙的建造是得到上面领导肯定的,拱墅区委书记张鸿建曾来视察,有番热情的讲话,2001年第二十期的《拱墅信息》作过报道。张鸿建说:“半山娘娘庙不是搞迷信的场所,是人文景观,是爱国主义教育基地,倪姓祖先(半山娘娘)能在国难当头之际,冒着生命危险,救驾皇帝及社稷,显示了一种民族精神。是一股从百姓中激发出来的民族凝聚力。倪姓后代能把娘娘庙的物质形态延续下来,把(娘娘)精神传承下来,十分可贵。(娘娘)精神不仅是倪姓后代的财富,也是村、镇、区乃至杭州南宋文化的一笔财富。”

时隔半年,突然来了一个要拆除娘娘庙的通知,这里面一定存在着误解或沟通不到位的因素。想到这里,倪连庆头脑冷静了许多。他不争不辩,也不难为经办人员,只要求延缓一些日子,并在文件回单上签了字。

办事人员一走,连庆马上赶到山下,打电话把倪云炳、倪健康、倪爱仁叫到倪齐潮家里碰头商量此事。

他们心急,但他们认为今天的干部是人民的公仆,今天的政府是为人民办事的。娘娘庙是弘扬先辈的美德和正气，是一定会得到上面理解和支持的。

于是，倪云炳打电话给张鸿建书记。张书记说：我会跟有关部门沟通的。

第二天，他们五个人又一起赶到半山镇镇委。刚巧，镇委书记孙壁庆在办公室里听了他们反映的情况后，笑了，他幽默地说："仇保兴拆违章建筑全国闻名，但也不会拆庙的。"

这虽然是一句笑话，却让他们五个人吃了一颗定心丸。

果然，娘娘庙保住了。

有惊无险。

七

半山娘娘庙不是一个搞封建迷信的场所。该庙从修建之日起，从表面上看，她是人们祈福许愿的场所，但从另一个层面去看，她就是一个凝聚广大民众抵御外侮、保家卫国精神力量的场所，是很好的爱国主义教育基地；同时，她更是一个传承皋亭（半）山地区具有鲜明地域特色的民俗文化（半山泥猫、桑秧节、立夏节、庙会）等项目的重要基地。

因此，以倪洪祖为代表的倪家后裔们开始积极探索如何以文化建庙，以文化护庙，使庙更有文化内涵，使庙更具有传递正能量的社会意义。

也巧，当时《杭州日报》登了一篇文章，公布了民间社团组织条例，第一条要拥护中国共产党。倪连庆想他们最喜欢的就是这一条，有党支持，啥事都好办。

这天傍晚，倪洪祖、倪齐潮、倪云炳、倪健康等人聚集在倪连庆家里，经过一番商讨，倪连庆提议成立皋亭文化研究会，这是一件很有意义的好事。

因此，第二天上午，他们五个人一起跑到半山镇政府，接待他们的是镇党委副书记沈文正。沈副书记笑着说："我搞了几十年的农村工作，没有碰到过这种事情，看来是个新事物。好，给我半个月时间，我和上级联系联系，问问情况，吃透政策再给你们回复。你们把庙管得很好，我们表示感谢。"

过了一个多星期，沈文正副书记给了回音：可以。

随后，他们立即决定，由倪连庆执笔起草申请文稿，向拱墅区政府的相关职能部门，呈送成立"皋亭文化研究会"的正式报告，受到区文广新局局长谢作盛的亲自接见与热情招待，使大家感动万分。

义工们研究山坡植树复绿方案　倪连庆提供

在各级领导的支持帮助下，同意成立研究会的批复很快下达了。有了批复，倪家后裔如同有了尚方宝剑，大家的劲头更足了。经过分工，有跑民政局注册的，也有跑银行开户的，忙得不亦乐乎，工作有条不紊，很快就办妥了一切相关手续。

2002年5月，皋亭文化研究会在半山镇政府礼堂隆重举行了成立大会。

八

半山娘娘庙愈来愈为社会上下所关注。

我在桌子上又看到一份2010年2月8日的文件，是拱墅区打给杭州市府的《半山（皋亭山）森林三公园贯通方案》。

文件上说："我区认为，半山娘娘庙是半山地区重要的民俗人文景观。我区按照非物质文化遗产保护的思路，在三大公园贯通过程中，对娘娘庙进行统一规划建设，集中展示半山地区民俗旅游，祇福聚会、蚕桑文化……"

蔡奇市长当天在文件上作了批示："同意，具体请建庭同志（副市长）处理，争取打造杭城第二个‘十里琅珰’。”

区、市领导的决策，将使半山重现具有近九百年历史的南宋古庙，使半山的历史文化又添上了浓重的一笔。

九

皋亭山历史文化底蕴深厚，半山娘娘庙是一个亮点，也是一个切入口，从这里深入进去，可以开拓皋亭山民间文化更广阔、更深远的视野和局面。

于是，2001年年底，由倪连庆提议，经倪洪祖、倪齐潮、倪云炳、倪健康、倪爱仁等商定，申请成立皋亭文化研究会。

2002年1月16日，拱墅区文化新闻出版局批复同意。

2002年5月24日，皋亭文化研究会在半山镇政府大礼堂举行成立大会。会长：倪洪祖；会长助理：倪云炳；副会长：倪连庆、朱保华、倪齐潮、倪健康；秘书长：倪爱仁；副秘书长：沈永良、顾益民。

杭州市拱墅区人民政府授予皋亭文化研究会的铜牌

皋亭文化研究会成立后，不负众望，办了不少实事、好事。我的文友吴关荣也是与半山娘娘庙挺有缘的，几年来他一直在文化研究会里收集整理史料，撰写民间传说和故事，所以谈到皋亭文化研究会，他说主要做了四件事：一是结合每年庙会，举办社戏、文艺演出、立夏节、志愿者为民服务等活动；二是把半山泥猫、乌米饭等制作工艺经过挖掘整理，列入了非物质文化申遗项目；三是保护历史文物，找到了古时娘娘庙的功德碑，庙檐花纹石和古朴的扶宋石；四是请当代名家书写楹联、对联等。

十

如今，在全社会的努力下：半山、龙山、虎山和娘娘庙已融为一体，打造成了杭州城北赫赫有名的半山4A级国家森林公园。青山的郁苍，林海的葱茏，娘娘

义工们在做树木抗台风工作　倪连庆提供

庙的辉煌，组成了杭州城北的一道靓丽风景线。而倪姓的连庆、云炳、齐潮、健康、爱仁、林荣等人为代表的后裔们，长年累月付出的心血汗水，正化作缕缕春风、片片绿叶、簇簇花瓣，为这道靓丽的风景线增添无限春光、春意、春色。

他们都年过古稀了，林荣较年轻，也六十四岁了。他们几个人有缘聚在一起，把大半辈子的全副身心都扑在娘娘庙建造上，一生就办了这件事，办成了，他们也无怨无悔无遗憾了。

他们说，这是缘，与时代的缘，与娘娘庙的缘，与志同道合者的缘。

说到这里，他们爬满沧桑皱纹的脸上露出了笑容，笑得年轻，笑得真诚，笑得灿烂。

我为他们的执著精神所感动。

以后我还会去娘娘庙的，也是为了这份缘，尽管这份缘比较浅。

不经意间，我想起了古人一副对联：

有意烧香，何必远投南海；

一心向善，此处便是灵山。

半山好“新祠礼赞”

王正阳

半山好，名胜古迹旧曾谙，南宋故祠在你怀，新祠崛起永不衰，新编史册为你赞。

2002年，半山新时代的鸿篇巨作华丽呈现。倪氏后裔怀着赤子之心，秉承千古民间推重半山娘娘舍身为国的民族精神，历尽辛劳，率先垂范捐资，汇集民间善款，在各级政府的支持下，于皋亭山西坡半山腰，建起了传承古代庙宇飞檐翘角，气势恢宏的新殿。

青山古祠相互辉映，浑然一体，让人耳目馨然，誉声远扬。民间众口颂扬：新祠耕耘者功德无量。“平地芳菲五月盛，深山古祠游人兴。”新祠落成日，恰逢五月初一半山娘娘诞辰日，远道香客游人步行迷宫山道，寻觅仰慕胜地。青嶂云横峰叠翠，溪流潺潺鸟歌声。十里崎岖半里平，一峰过后又迎嶙。群山似茧将人裹，清香烟霞指路行。

古诗云：“长在山顶怕太高，移下山来又尘嚣。不偏不倚居中好，只是峦峰半截腰。”新祠和遗址，是当年倪氏闺女救驾遇难之地，现已成为半山风景区唯一的一座古色庙宇，游人向往的景点。古人云：“生为英雄地，死为葬身处。神通灵地，游人香客行。”在皋亭山西坡森林公园，犹如诗仙李白《清溪行》中所云：“人行明镜中，鸟度屏风里。”心旷神怡之感油然而生。

坐北朝南的新殿，有诗云：“南临塘河十里碧，北依半山万顷绿。”站在庙后高处，南眺钱塘江，浪潮澎湃奔腾呼啸，令人不由赞叹：人人都说钱塘好，天下奇观钱江潮。此时心随云雾飘，脚底好似踩浪涛。新祠成了半山胜景之后，登高遗址欣赏钱江远景的游客时时结队成群。

新故相推，日生不滞。2002年古祠新姿，增添了半山地区民族文化新篇章，继而铸就的半山娘娘文字史册，填补了半山娘娘的千古缺页。曾几何时，对半山娘娘的不实蜚语，风起云涌，有说娘娘是受嫂嫂讥讽而死；有说是生疮疾不治而终；也有说是含冤自尽……事实是，有史记载，赵构皇帝母亲韦氏曾泄露过真相："我儿为前皇九子，天授国君。磨砺国君是上天的安排，历史上曾有数位大难逢生之君。天意下凡深山闺女救驾，不如天女撒沙救君更合天意和皇上龙身尊容。"

古祠新建和半山娘娘的文字记载将有力冲刷粘在半山娘娘身上的污泥浊水。风翳净尽，澄碧如洗，半山娘娘崇高的民族形象，复原屹立在出身土、遇难地。历史会记住为之呕心沥血奉献的人们。千载英名留古迹，南宋韵事著皋亭。

半山好，民族文化增新篇："峰顶新起望辰阁，极目广袤无限美。半腰古祠换新颜，人头攒动绕山间。"

半山好，南宋铭文无双地，广野尊崇第一山。

倪齐潮山水画

民间习俗

MINJIAN XISU

民俗风情，通常被人们称之为风俗，是指人们在长期的社会实践，生产、生活及相互交流中形成的关于生老病死、衣食住行、时令节日、游乐乃至宗教信仰、巫卜禁忌等内容广泛、形式多样的行为规范方式。

俗话说："入国问禁，入境随俗。"民俗风情可以观政，民俗风情可以谙民。《晏子春秋·问上》篇中说："古者百里而异习，千里而殊俗。"这是因为生活在不同地区环境中的人们，为适应各自不同的生存空间，在历史不断演变的过程中，就形成了各不相同的风俗习惯。从而，奠定了"十里不同风，百里不同俗"的民俗文化大观。因此，每一地方的风俗，都具有这个地方的地域特征，渗透着这个地方的历史渊源。所以说，一定的民俗文化形态是与一定区域的地理生态条件分不开的，它是在特定的地理环境和社会发展中逐渐形成的。

由山乡环境特色决定民俗文化特点特别明显的皋亭山，是一个地理优越、历史悠久、人文荟萃之地。由于社会历史和自然环境等诸多因素，皋亭山乡盛行的民俗风情，是居住在当地的倪氏先民们，在长期的社会实践中逐步形成、沿袭，又为适应新的社会环境，不断改变和完善发展。这些民俗风情与人们日常生活密切相关，如建房、生活、农耕、敬老、探亲、宗教、丧葬习俗等，而皋亭山素以十里桃花坞久负盛名，以桃文化为内涵的各种习俗更是独领风骚，成为皋亭人家（倪氏）绚丽多姿的民俗风情中的亮点。如上所述，皋亭人家（倪氏）习俗内容极为丰富，项目众多，因篇幅所限，本书仅收录特别重大或最具代表性的项目予以记载。

桑秧节

桑秧节历史悠久，但因缺少文献记载，不知源于何时。据倪家老辈代代相传，该节始于唐天宝年间（约公元742年），一些北方氏族为避战乱南迁，定居太湖流域，垦荒农事，建设家园。域内的皋亭山地区，人口骤增，水路交通便捷的上塘河（后来的衣锦桥）段，在此及周边定居的倪氏族人与四邻八乡的农家，依据江南春来植树的大好时机，将每年的农历二月初八日，定为农家精心培植优质桑秧（苗）交易的活动日。该交易活动日沿袭多年后便被人们称为“桑秧节”。

桑秧节，是杭州城东蚕农以交易桑树秧苗为主，以及其他各种树苗（桃、梅、李等）的交易日。在该节前至少三天，居住在皋亭山下，上塘河北岸，东西长约三里的农家，就开始准备节日活动。有桑秧苗出售的人家，早早地把桑秧苗掘起，用稻草包扎成捆以待交易。另有更多的外地（嘉兴、湖州、海宁）农家，用木船装满打成件头的桑秧苗，走上塘河水道提前运至娘娘庙前的塘河埠头，寻找理想的商铺位置。通常情况，农历二月初六日上塘河岸开始热闹，二月初八日出现高潮，买卖双方云集以上塘河衣锦桥为中心的北岸地段。通过交易，各达目的，满载而归。

桑　树

蚕 花 节

蚕花节是蚕农祈求蚕花娘娘(半山娘娘),保佑蚕农养蚕平安,免受鼠灾病害,取得蚕花开十二分的好收成的节日。是日,杭州城东至九堡乔司,远的直至海宁、嘉兴、湖州一带的善男信女们,扶老携幼坐船到衣锦桥河埠靠岸,首先到娘娘庙进香许愿,祈求菩萨保佑年年风调雨顺,蚕花丰收,并虔诚地请来在娘娘菩萨前开过光的泥猫,待回家后置于蚕室里镇鼠。随后,体力比较强

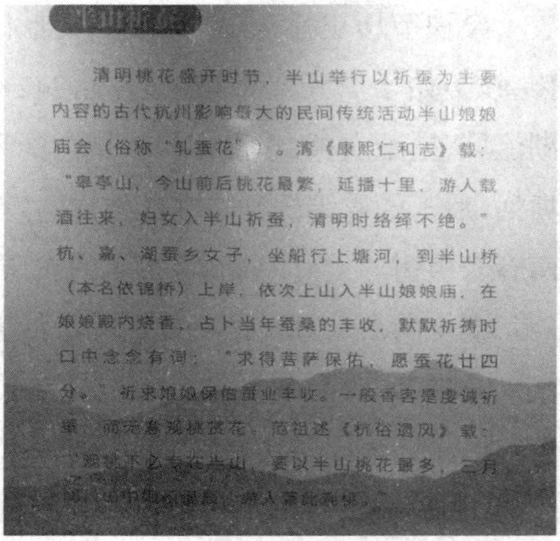

半山祈蚕简介

蚕宝宝吐丝成茧　吴关荣摄于半山民俗活动现场

壮的青年男女参加每年一次的轧蚕花活动。旧时的轧蚕花活动热闹,有买卖泥猫、蚕种籽、蚕神画像及其他各种各样的工艺品和南北风味的特色小吃……其中某些方面,对于现代人而言简直不可思议,如:平时娇羞无比,跟男青年会面都忙于躲避的蚕家闺女,在节日当天,身穿簇新的江南特色的蓝印花布大襟衣裳,挺立出丰满的胸部,引起男青年的关注。

立夏节

出身贫寒的钱镠，先贩私盐，后投军吃粮，南征北战，由于战功显赫，被封为钱塘王。

一千多年前的后唐时期，都杭州。钱塘王钱镠为了保卫杭州城不受外敌侵犯，将皋亭山视为战略要地、北廓屏障，派重兵驻扎在皋亭山一线，并修建十里兵寨。

皋亭山濒海临江，空气湿润，其得天独厚的自然条件对满山遍野的植物生长十分有利。同时，对寄生在蔓草丛中的蚊蝇昆虫繁衍也非常有利。因此，山里的蚊蝇特别多。皋亭山作为军事重地，士兵们除了备战训练，自然还有二十四小时

立夏节民俗活动　皋亭文化研究会提供

义工在清理烧乌米饭的乌樟树叶　吴关荣摄

不间断的巡逻放哨。刚到皋亭山扎营的那年晚春,从外省招募来的大多数兵士,对皋亭山的环境水土不服,常有人中暑(发痧)后头晕眼花的。有些被蚊叮虫咬的兵士,发病更是厉害,上吐下泻,这严重影响了军队的战力。得知此情的钱镠心情非常沉重,急忙与铁杆兄弟兼军师的马绰商量解决的办法。经过一段时间的探索,终于发现了一种内含"单宁"物质,即有防病驱虫去疮毒功效的乌饭树叶,用它的汁水做饭,白米饭会变成黑米饭,米饭香气扑鼻,令人食欲大开。

不久,乌米饭能强身健体、防病解暑的消息不胫而走,皋亭山乡人家纷纷效仿,也都吃起了乌米饭。久而久之,立夏节吃乌米饭形成了皋亭山人的习俗,同时,吃出了许多不同的花样,还衍生出乌饭糕、乌米饼等各种风味小吃。特别是人们在饭里加入新鲜竹笋、蚕豆肉和咸肉片或野蜂乳等佐料后,乌米饭成了糯滑可口、齿颊留香的美食。时至近代,每年的立夏节成了皋亭山人家家户户烧制乌米饭的传统节日。时近晌午,整个皋亭山乡,到处都能闻到诱人的乌米饭清香。

立夏节吃乌米饭　吴关荣摄

种桑养蚕

皋亭山地处亚热带，土地肥沃、湿润，非常适合桑树栽培、生长。人们种桑养蚕已经具有非常悠久的历史。据由中国文联出版社2015年出版的《皋亭山传说续集》“甘宁皋亭收棉麻”载，后汉三国的东吴大将甘宁，为解决驻守长江、鄱阳湖等地兵士们的换季冬装问题，亲临皋亭山督办军需物资亦可佐证。

曾有民谣曰：

农家种有百棵桑，不怕无谷闹粮荒；
管好一亩三分桑，全家老小吃勿光。

养蚕是一项投资小、时间短、收效快而高的家庭产业。据史料记载，清顺治至康熙年间，每石粮价为白银五钱至一两，一斤丝价大约银钱一两，而种植一亩桑树养蚕可得丝十斤左右，比种植水稻一亩三石的效益高出三倍多。因此，横塘村民们在田头地角、沟边河垙、房前屋后遍地种植桑树。

因此，蚕茧成为人们家庭中的主要经济收入来源。据此人们都把养蚕看得很重，在日常生活中留有与养蚕相关的习俗，如点蚕花火、点蚕花灯、扫蚕花地、烧田蚕、轧蚕花等。特别是轧蚕花，可谓最闹猛，最隆重。杭嘉湖一带的蚕民们（即信仰宗教的养蚕人）成群结队地到半山娘娘庙去烧香、点蜡烛，祈求娘娘菩萨保佑蚕农们即将开始的春蚕花取得好收成。

“蚕蚕开花结好茧，家家户户笑开颜。”

点蚕花火

坊间织绸

旧时，蚕花（即养蚕）是人们家庭中一年的主要收入来源，故日常生活中有不少习俗都与养蚕有关，连过年都有着与育蚕相关的习俗。大年三十夜里，吃过了年夜饭，靠近北横头的养蚕人家女主人须在家里的神龛中点上一盏油灯，有的人家则是点上一支红蜡烛。此俗称为"点蚕花火"。

乡间认为，点上了蚕花火，家中养蚕就能红红火火。这"蚕花火"，不管是点灯，还是点蜡烛，据说，这灯或蜡烛都不能马上熄灭，一直要从年三十夜里点到大年初一的早上为止。表示家中从去年一直红到今年，连年都红红火火之意，从而祈求一年中"蚕花廿四分"。

点蚕花灯

这"点蚕花灯"的习俗，与那"点蚕花火"相对应，唯一不同之处是此俗完全由小孩子们唱主角。

吃好了年夜饭后，家中的小孩子开始活跃起来。他们一个个兴高采烈地提着大人早就精心制作好的各种小灯笼，有西瓜灯、冬瓜灯、兔儿灯、鳌鱼灯等，品种各不相同，灯中均固定着一支已经点燃的蜡烛。孩子们手提灯笼，三五成群，四五成堆，在田边地角到处奔嬉，嘴里还纷纷唱着儿歌："猫也来，狗也来，搭个蚕花娘子一道来……"一面跑一面唱，最后都跑进自家的家里，带回幻想中的"蚕花娘子"，带回全家人的新年希望。

扫蚕花地

正月初一的早上，蚕妇起床后和往常一样要先扫地，但这天的扫地与平日里的扫地完全不同：平时扫地，扫帚从里往外扫，而这一天扫地时，扫帚必须从门口往里面扫，俗称“扫蚕花地”。

蚕农们是这样理解的，因为上一日，即年三十夜里点过“蚕花火”“蚕花灯”，家中沾上了种种蚕花宝气，如果和平时一样，扫帚往外面扫，会把蚕花宝气扫出门。所以扫帚必须从外往里扫，以确保蚕花宝气不出门。

烧田蚕

农历大年三十夜里或者是正月十五的夜里，村民们用稻草、芦苇或其他的柴禾扎成一个个小束，点燃后用手高高举起，在田埂上到处奔跑，还时不时地把手中的火把掼上掼下，在黑暗的夜空中划出点点流星，煞是好看。此俗名叫“烧田蚕”。

据说烧田蚕时还要唱一种名叫“烧田蚕”的歌谣，这歌谣由请来的专门从事唱蚕花的民歌手演唱。其中有这么几句：“火把掼得高，三石六斗稳牢牢；火把掼到东，家里堆个大米囤；火把掼到西，蚕花丰收笑嘻嘻……”

每年腊月开始，有人挑着一副担子，担子一头挂满大小不等的蚕神像，另一头摆放着一只白瓷长瓶，旁插一小束竹叶，叫“七叶净帚”。此人一面走一面敲打小锣，沿村游唱。所到蚕家门口，卸下担子，等待蚕农送他一些白米、糕团或铜钱。随后，他根据蚕农给他钱物多少，做些不同的表演，叫“唱蚕花”。大致有三种形式，如给他钱物多的，为一等。他捧着最大的蚕神像，到蚕房去兜上一圈，便举双手交给蚕家，蚕家主人要用双手去接，叫作“请蚕神菩萨”。然后，他左手拿起瓷瓶，右手拿七叶净帚，将瓶内之水洒向蚕室四周，一边唱起尽人皆知的《蚕花歌》。完了还要说上一通来年蚕茧大丰收、祝蚕花廿四分的好话，在与蚕家的拱手祝福声中离去。二等者是养蚕人家给的钱物不多但也不算少，他就拿一张蚕神像贴到蚕房里，说上几句好话后离去。给他钱物最少的是三等，对这种人家，他送上一个最小的蚕神像，说一声“祝福”或“顺溜”就走了。

大约在1949年新中国成后，“破旧立新，移风易俗”运动中，此俗日渐荒废；到了现在，能唱几句“烧田蚕”歌谣的人，可以说十分难寻了。

关 蚕 门

“关蚕门”又称“闭蚕门”。

旧时科学不发达，蚕农只知蚕是娇贵的东西，称之为“蚕宝宝”，将蚕奉若神，在养蚕期间往往不允许生人冲撞蚕室，以免蚕受惊害病。为此，家家户户采用了一个最为原始、最为简便的方法：关门。将自家大门关住，连亲邻之间都暂停走动，此俗称作“关蚕门”。

过去将养蚕的时候称作“蚕月”。每逢蚕月，养蚕的人家大门紧闭，日常生活的起居均改从边门或后门进出。那关着的大门上还张贴写着“蚕月”或“蚕月知礼”的红纸条；有的人家，还在自家大门旁边的空地上，插上一些桃枝或者打上梅花形的桩，并用稻草结成网状；还有的干脆用草帘围住整个蚕房。这些做法目的全都一样，只是以此宣布此地是育蚕禁区。

关蚕门后，连亲戚邻舍都不相往来，若是偶尔间非得向邻家借点什么用具，则显得十分有趣了。借者只能踱到邻家边门口，既不能高声叫喊，更不能叩门而入，只能故意自言自语地在门外大声说话，好让里厢的人听见：“哟，某某家人喂，我想问那借点啥来。”此时，屋里的人听到后，则会拿着他需要的东西出来。借者接过物件后须递上一把早已准备好的桑叶，并口诵“蚕花廿四分”才行。

倘若还是有人不小心闯入了蚕房，将被视作不吉祥之兆。待生人走后，主人带着酒菜及一小捆稻草卷去生人回归的三岔路口祭拜，然后烧掉草卷，倒掉酒菜，以示送走由生人不小心带进来的鬼魂。

开 蚕 门

蚕熟茧成之后，蚕禁开始解除，蚕农重开大门，恢复往常的生活。亲邻们重新往来，相互问候，互赠茶点，互问蚕事，共祝丰收。此俗称之为“开蚕门”，与“关蚕门”对应。

开蚕门后，忙了一个月的蚕妇开始有空互相串门，亲友间也纷纷走动，询问各家的蚕茧收成情况。一时间，热闹的场面与前期的寂静形成鲜明的对比。

蚕熟之后，解除了“关蚕门”之禁，蚕妇们有吃烘青豆茶、打茶会之俗，纷纷邀请邻妇来吃茶，一边喝茶，一边交流蚕事。这是对蚕月辛苦劳作的犒劳慰问。有

的蚕妇，中午在这一家喝茶，晚上又得去那一家，忙得不亦乐乎。

“开蚕门”期间，还有的人家还包些粽子，分送左邻右舍。

谢蚕花

到了农历端午节，蚕农们已度过了一年中最为繁忙的养蚕缫丝季节，所产之新茧、新丝已纷纷出售。为了喜庆丰收，感谢蚕花娘娘的保佑，蚕农们往往要在端午节期间举行“谢蚕花”的活动，故有“端午谢蚕花”之称。

“谢蚕花”时，蚕农们要吃“蚕花饭”。这非常讲究，要取出“马鸣王菩萨”的神位进行祭拜，主妇要备上猪头或条肉等祭拜蚕花娘娘，拜谢蚕花娘娘保佑而带来的好收成。祭拜完了，全家人才能坐在一起高高兴兴地吃蚕花饭，这顿饭的菜肴特别丰盛。吃好饭，当家人笑眯眯地拿出早就准备好的礼品，分发给家人，对大家在蚕月中的辛苦表示慰劳和表彰。

吃过蚕花饭后，辛勤了几个月的蚕妇、蚕姑们可得到半天的欢畅。她们会聚在河滩头，互相泼水嬉戏，称为“泼蚕花水”。

育蚕禁忌

旧时科学落后，蚕农为求蚕花丰收，只知道信奉蚕花娘娘，求得她的保佑。民间认为，蚕是极有灵性并娇嫩神圣的动物，稍有不慎就会受到伤害。如果谁冒犯了它，它就会神秘地离去或者死亡。所以，历代蚕农们在养蚕的过程中积累了不少经验，也产生了不少禁忌。这些禁忌，也给蚕乡带来了一些蚕禁方面的习俗。

明人《蚕经》云：“蚕不可受油馊气、煤气，不可焚香，也不可佩香，否则焦黄而死；不可入生人，否则游走而不安箔；蚕室不可食姜及蚕豆；上蔟无火，缲必不争；蚕妇之手不可撷苦菜，否则令蚕青烂。”到了清代，育蚕之禁忌更加细化，这些大都是历代蚕农们积累下来的经验，当然也有一部分由于缺乏科学认识而带有一定的迷信成分。为了养好蚕，蚕农们世代相传着这些禁忌，沿袭成了一些有趣的场面。

在半山乡间，旧时养蚕前，蚕农要在夜间将手在石灰水中浸湿，然后在育蚕室门窗上按上一个个白手印，用以驱野鬼。据说，按白手印不能被人看见，必须在晚上进行，一旦让别人看见了，就会失灵。

蚕宝宝有许多天敌,其中老鼠的危害最大,因此蚕农家家户户都有养猫的习惯。除了养猫,有的人家还买些泥猫或剪些猫形的图案,放在蚕房的角角落落,借以达到威慑老鼠的目的。

养蚕期间,在语言上也有许多讲究,这语言禁忌与其他行业相比,显得更为普及,并有些神秘色彩。比如说话忌讳“鼠”“僵”“亮”“扒”“冲”等,于是,便将老鼠称作“夜佬儿”,将酱油叫作“颜色”,天亮则称“天开眼了”;平时称“蚕”不叫“蚕”,而叫“宝宝”“蚕宝宝”;蚕长了不叫“长”,而叫“高”;蚕不能数数,说是数了会减少;并忌破匾养蚕,认为破匾即塌匾,将预兆“倒僵蚕”,故再穷的人家都宁愿借债购新匾,也不愿意用旧匾。

旧时蚕房中偶尔碰到有蛇进入,禁忌惊呼和扑打,蚕农们认为这是“青龙”巡游,会福佑自家的蚕事,故要叩拜祭供,任其自去。

蚕农们还忌讳生人进入蚕房,忌讳戴孝人进入蚕房,忌讳经期妇女和产妇进入蚕房,忌讳在蚕房中哭泣,忌讳在蚕房内晾挂妇女的内衣内裤,忌讳在蚕房内说脏话淫词,并忌讳育蚕期间夫妻同房。

这些禁忌,反映了旧时蚕农们对蚕宝宝敬若神明,小心谨慎,兢兢业业的一种心态。如今,这种种禁忌已随着科学养蚕的推广而逐渐消失。

蚕花廿四分

“蚕花廿四分”是蚕农们的一句祝福语。

乡间认为农作物的收成总共为十二分,“廿四分”则为两倍,故取双倍丰收之意。为了讨彩头,这句话在蚕乡人人会讲,从岁头讲到年尾,从长辈讲到小辈,世世代代地往下传。不过很奇怪,对其他作物的收成,却从来没听说过“廿四分”的说法。

喜看蚕茧丰收　吴关荣摄于半山文博苑

“蚕花廿四分”一直在流传,直到现在,一些年长的蚕农在育蚕时还不时地念念有词,祝愿自己“蚕花廿四分”。

娘娘庙会

娘娘庙庙会是自南宋赵构皇帝敕建娘娘庙后，庙里每年都要举行重大祭祀、祈福的活动。该活动的举行时间是娘娘菩萨的诞生日（农历五月初一日）。古时，杭嘉湖一带长途行舟赴皋亭（半）山烧香，致使娘娘庙前的上塘河衣锦桥畔舟满为患，再无泊船之处，此时“十里舸舫”成为一道靓丽风景。明崇祯六年翁汝进《撒沙夫人庙重建碑记》载：“三春时和景熙，则城乡夫妇相携瞻礼，毂击肩摩联袂成帏，挥汗如雨，殿庭无托足之地”。

半山娘娘庙庙会现场　吴关荣摄于娘娘庙会

是日，举行非常隆重的庆典仪式，由司仪唱赞开始，先由族长或族中德高望重者带领分居在各地的倪姓后裔代表先后奠酒，行三跪九叩大礼，然后宣读祭文，祈求娘娘菩萨保佑风调雨顺、国泰民安。随后，四邻八乡前来朝山进香的善男信女们按先后顺序，排队分批次进大殿向娘娘菩萨顶礼膜拜，敬香，祈福（合家幸福）。祈福礼毕，便有庙会管理小组请来的戏剧团队，开始表演各种戏曲（越剧《劈山救母》、绍剧《三打白骨精》、小锣书、道情、莲花络），杂技（扎提芦、耍大刀、变魔术）等节目，将庙会推向高潮。此时，娘娘庙内外直至衣锦桥边，人山人海、热闹非凡。

庙会活动照　吴关荣摄

桃符文化

源于当年齐天大圣大闹天宫后，为逃离二郎神的追杀，潜藏天宫桃园的传说。这大圣偷吃了蟠桃园里的仙桃，然后将吃剩下的蟠桃，装进从摘桃仙女手中夺来的篮子，腾云驾雾下凡间来到了皋亭山。他在山中元宝溪边沐阳光浴时，因盖住了身下螃蟹洞，被洞内螃蟹狠狠地咬住了他的屁股，痛得他“哇哇”大叫。为复仇，他将一篮仙桃全部堵住了螃蟹洞。不料，那些仙桃在来年春天生根发芽，化为一片桃林，皋亭山长满了野生的桃树。每到春天，这漫山遍野的桃树如火如荼地盛开时，真是美不胜收，大饱眼福。

那时候，皋亭山东的海里有个岛，整个岛就是一座山，那山就叫度朔山，度朔山上有两个天神，一个叫神荼，一个叫郁垒，他们是玉帝派到人间管理那些祸害苍生的妖魔鬼怪的。这度朔山的四面全是悬崖绝壁，雄奇险峻，绵延数十里。这悬崖绝壁上星星点点布满了七十二个山洞，洞里就关着那些不安分的被神荼和郁垒抓来的九九八十一个妖魔鬼怪。平时，有两个天神在山顶镇着，这些妖魔鬼怪老老实实，很安分地待在山洞里不敢越雷池半步。

那一年春天，当皋亭山上桃花盛开时，两个天神忍受不了孤岛的枯燥，就驾起祥云，飞到皋亭山桃花盛开的地方。等他们赏了桃花，顺便去了泰山，尽兴回岛时，发现被他们关在那七十二个山洞里的八十一个妖魔鬼怪逃得一个也不剩了。两个天神大惊，让这些妖魔鬼怪逃到人间去兴风作浪，让他们去群魔乱舞，再一次祸害生灵，那还得了？

于是他俩就追到大陆上时，就听到了许许多多关于那些从度朔山逃出来的妖魔鬼怪胡作非为残害百姓的控诉，两个天神大怒，他们决定再也不对那些妖魔鬼怪手下留情了。两个天神随手折了一根桃树枝当作兵器，将抓住的妖魔鬼怪就地正法，统统用桃树枝杖毙。他俩用了八十天时间，干掉了八十个妖魔鬼怪，

就是说只剩下一个漏网的妖怪了。当他俩运用天眼，才发现那个最后的漏网分子已经逃到钱塘江口，躲在水下兴风作浪，煽动妖潮，祸害当地的老百姓。于是神荼和郁垒赶到钱塘江口，费了一番周折，终于将最后的那个妖孽赶出水面。那个妖孽慌不择路，一头扎进了江北岸的皋亭山桃花坞。两个天神看到妖孽逃进了桃林，便拍拍屁股回度朔山去了。因为，桃林正是妖魔鬼怪的葬身之地。

后来乡农们听说，所有的妖魔鬼怪都十分害怕桃树，就连从山里吹来的风带了些桃树的气味，他们也害怕，真的可以说是闻风丧胆、望风而逃了。于是，人们就纷纷把桃树枝挂到住宅的大门上，这样，妖魔鬼怪就不敢到家里去作祟了。后来，为了美观，那桃树枝改成了有同样效果的桃木板。到了宋代，人们开始在桃木板上写上对联，一左一右，挂在大门两边，煞是好看。过年时家家都以新换旧，久而久之，就形成了一种习俗。通过写在桃木板上的对联，一可以表达人们自己美好的心愿，二能避邪，三又能装饰门户，这种一举三得的大好事，自然在神州大地上很快流传开了。“千门万户曈曈日，总把新桃换旧符。”这种风俗，在皋亭山尤甚。

后来每年的大年初二，女婿去丈母娘家里拜年，即使在那物质财富相对贫乏的年头，除了带一个象征生活甜甜蜜蜜的糖包，一个桃酥包是一定要带的。所谓桃酥，就是用面粉、糖、桃肉，在一种小桃形的模子里做成的小饼，成本不高，售价也不高。据说，长辈们吃了桃酥，就会扶正辟邪、百毒不侵、百病不生了。长辈的生日，作为晚辈，还一定要献上寿桃。在没有桃的季节，哪怕是用面粉或米粉，也要做出些桃来。长辈做寿的时候，中堂上，必定要挂一张寿星，也就是南极仙翁的画像。那个寿星老手里必定要捧一只大大的寿桃。这普普通通桃子怎么就一定跟这个“寿”字连在一起的呢？

追根寻源，这自然也是因为所有的妖魔鬼怪都怕桃，有了桃就诸毒不侵，百病不生，人就因此而长寿。故此，皋亭山人爱桃、敬桃，这种风俗，到了物质相对丰富的今天，依然初心不改。

倪齐潮山水画

文荟剪影

WENHUI JIANYING

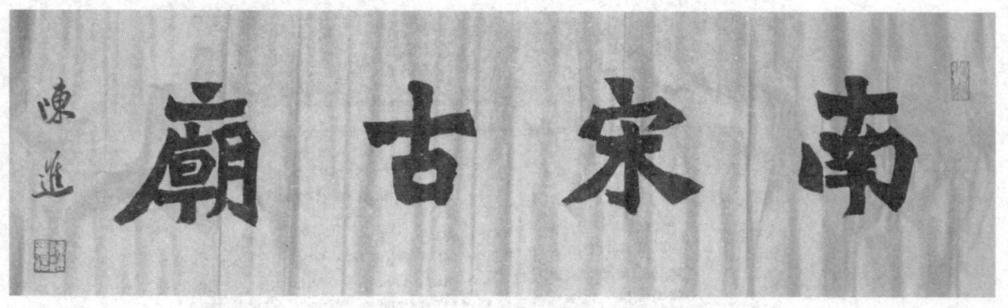

南宋古庙匾

半山娘娘庙匾

观音殿匾　倪连庆提供

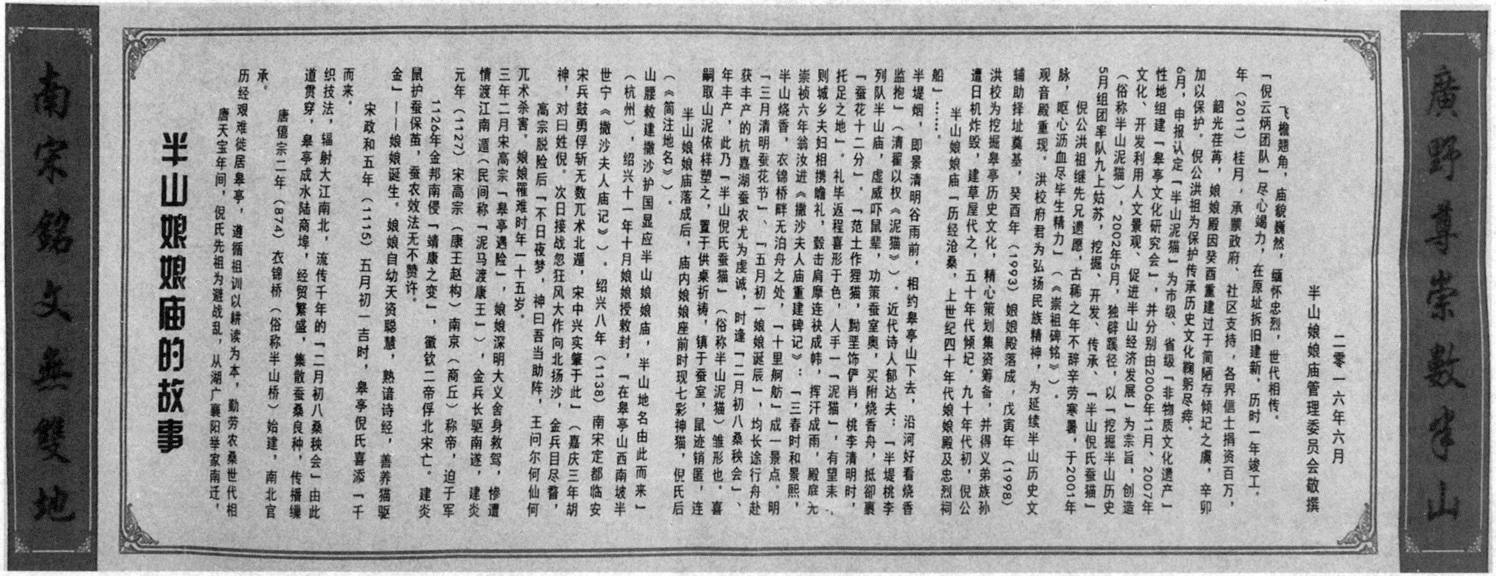

南宋銘文無雙地

半山娘娘庙的故事

唐天宝年间，倪氏先祖为避战乱，从湖广襄阳举家南迁，历经艰难徙居皋亭，遵循祖训以耕读为本，勤劳农桑世代相承。

唐僖宗二年（874）衣锦桥（俗称半山桥）始建，南北官道贯穿，皋亭成水陆商埠，经贸繁盛，集散蚕桑良种，传播缫织技法，辐射大江南北，流传千年的「二月初八桑秧会」由此而来。

宋政和五年（1115）五月初一吉时，皋亭倪氏喜添「千金」——娘娘诞生。娘娘自幼天资聪慧，熟谙诗经，善养猫驱鼠护蚕保茧，蚕农效法无不赞许。

1126年金邦南侵「靖康之变」，徽钦二帝俘北宋亡。建炎元年（1127）宋高宗（康王赵构）南京（商丘）称帝，迫于军情渡江南遁（民间称「泥马渡康王」），金兵长驱南遂，建炎三年二月宋高宗「皋亭遇险」，娘娘深明大义舍身救驾，惨遭兀术杀害。娘娘罹难时年一十五岁。

高宗脱险后「不日夜梦，神曰吾当助阵，王问尔何仙何神，对曰姓倪。次日接战忽狂风大作向北扬沙，金兵目尽瞽，宋兵鼓勇俘斩无数兀术北遁，宋中兴实肇于此」（嘉庆三年胡世宁《撒沙夫人庙记》）。绍兴八年（1138）南宋定都临安（杭州），绍兴十一年十月娘娘授敕封，「在皋亭山西南坡半山腰敕建撒沙护国显应半山娘娘庙，半山地名由此而来」（《简注地名》）。

半山娘娘庙落成后，庙内娘娘座前时现七彩神猫，倪氏后嗣取山泥依样塑之，置于供桌祈祷，镇于蚕室，鼠迹销匿，连年丰产，此乃「半山倪氏蚕猫」（俗称半山泥猫）雏形也。喜获丰产的杭嘉湖蚕农尤为虔诚，时逢「二月初八桑秧会」、「三月清明蚕花节」、「五月初一娘娘诞辰」，均长途行舟赴半山烧香，衣锦桥畔无泊舟之处，「十里舸舫」成一景点。明崇祯六年翁汝进《撒沙夫人庙重建碑记》：「三春时和景熙，则城乡夫妇相携瞻礼，毂击肩摩连袂成帏，挥汗成雨，殿庭无托足之地」。礼毕返程喜形于色，人手一「泥猫」，有望来「蚕花十二分」。「范土作狸猫，黝垩饰伊肖，桃李清明时，列队半山庙，虚威吓鼠辈，功策蚕室奥，买附烧香舟，抵御裹监抱」（清翟以权《泥猫》）。近代诗人郁达夫：「半堤桃李半堤烟，即景清明谷雨前，相约皋亭山下去，沿河好看烧香船」……。

半山娘娘庙「历经沧桑，上世纪四十年代娘娘殿及忠烈祠遭日机炸毁，建草屋代之，五十年代倾圮，九十年代初，倪公洪校为挖掘皋亭历史文化，精心策划集资筹备，并得义弟族孙辅助择址奠基，癸酉年（1993）娘娘殿落成，戊寅年（1998）观音殿重现。洪校府君为弘扬民族精神，为延续半山历史文脉，呕心沥血尽毕生精力」（《崇祖碑铭》）。

倪公洪祖继先兄遗愿，古稀之年不辞辛劳寒暑，于2001年5月组团率队九上姑苏，挖掘、开发、传承、「半山倪氏蚕猫」（俗称半山泥猫）。2002年5月，独辟蹊径，以「挖掘半山历史文化、开发利用人文景观、促进半山经济发展」为宗旨，创造性地组建「皋亭文化研究会」，并分别由2006年11月、2007年6月，申报认定「半山泥猫」为市级、省级「非物质文化遗产」加以保护。倪公洪祖为保护传承历史文化鞠躬尽瘁。

韶光荏苒，娘娘殿因癸酉重建过于简陋存倾圮之虞，辛卯年（2011）桂月，承蒙政府、社区支持，各界信士捐资百万，「倪云炳团队」尽心竭力，在原址拆旧建新，历时一年竣工。飞檐翘角，庙貌巍然，缅怀忠烈，世代相传。

半山娘娘庙管理委员会敬撰

二零一六年六月

廣野尊崇數半山

娘娘庙大殿左侧长匾　倪连庆撰

千载英名留古迹

纪念半山娘娘诞辰九百周年

今年五月初一是半山娘娘诞辰九百周年。

半山娘娘在杭嘉湖一带民众中代代口碑相传，享有近九百年盛名，每年清明节和五月初一娘娘诞辰日，民众纷至踏来祭祀。史书载有『城乡夫妇相携瞻礼，毂击肩摩，联袂成帏，挥汗成雨，殿庭无立足之地』。近代诗人郁达夫『沿河好看烧香船』和清代诗人秦瀛『半山山半庙巍然，春社桥边集画船』写的就是祭祀娘娘的盛况。

封建时代的达官贵人和文人墨客轻视草民，没有为娘娘为国捐躯的民族壮举点缀响亮的时代音符，只是良知的幽光闪烁。『撒沙庙前秋水生，皋亭怕说前朝事，须眉空自愧婵娟，弱质何堪独遇兵，沙摧鹈鹕气犹生，井底应寻报国盟……』。清代诗人秦瀛冲破士大夫轻视草民势力束缚，为娘娘讴歌，让后人肃然起敬。

半山娘娘这位历史人物，之所以能在百姓中穿越时空隧道，千古英名流传至今，是因为她的大义凛然为国捐躯，扭转了南宋危局，挽救了宋室江山，谱写了一首雄壮的爱国之歌。

今天，中华民族到了伟大的复兴时期，我们怀着深深的敬意，本着历史的责任，理性客观地从书库和流传于民间的故事中搜集、整理娘娘和庙的史料，史料虽零星散落，但文字铿锵明了：

世居我北方边陲的女贞族于1115年建立金朝，也许是天意逢敌，娘娘也在1115年五月初一诞生。金朝崛起后，于1126年攻陷北宋首府开封，1127年四月徽、钦二帝被俘，北宋就此灭亡。历史是那样的天衣合缝，同年五月初一（娘娘生日），赵构在南京应天府（今河南商丘）即位称帝，重建赵家王朝，史称南宋。

建炎三年（1129）二月初十，赵构择水路（民间称泥马渡康王）南逃，先到明州（今宁波），金兵紧追，赵构突围后经海上入上塘河至涌泉院（今龙居寺），因泄密，二月十四金兵重围涌泉院，赵构只身翻墙西逃至皋亭山西南坡（今半山）遇一闺女（后被封半山娘娘）设法得救，后闺女惨遭金兵杀害，时年一十五岁。

绍兴八年（1138），南宋与金议和，同年定都临安（今杭州）。

绍兴十一年（1141），宋、金再次签订和协，史称『绍兴和议』，宋、金南北对峙局面最后确立。同年十月初十，皇室祈年殿在玉皇山落成，赵构率众臣祭礼，敕封倪氏闺女为撒沙护国显应半山娘娘（史书又称撒沙夫人），并敕建庙宇亭阁，镌刻御封碑记（上世纪50年代被毁）。

半山娘娘庙1141年建立后的历史岁月里，历经沧桑，屡毁屡建，2011年，在各级政府大力支持下，民间赞助，重建庙殿。峰峙白云渺渺下，焕然一新的飞檐翘角庙宇，已成为半山地区的胜景之一，游人和香客门庭若市。

我们纪念半山娘娘，是敬仰她朴素崇高的民族精神，传承民族优秀文化，向往这颗历史文化明珠，在未来的历史长河中更加鲜艳夺目。

千载英名留古迹

南宋韵事著皋亭

祖国万岁

半山娘娘庙文物保护委员会

二零壹五年五月

南宋韵事著皋亭

娘娘庙大殿右侧长匾　王正阳撰

皋亭人家

GAOTING RENJIA

半山娘娘庙楹联　吴关荣摄

半山娘娘庙楹联　吴关荣摄

半山娘娘庙楹联　吴关荣摄

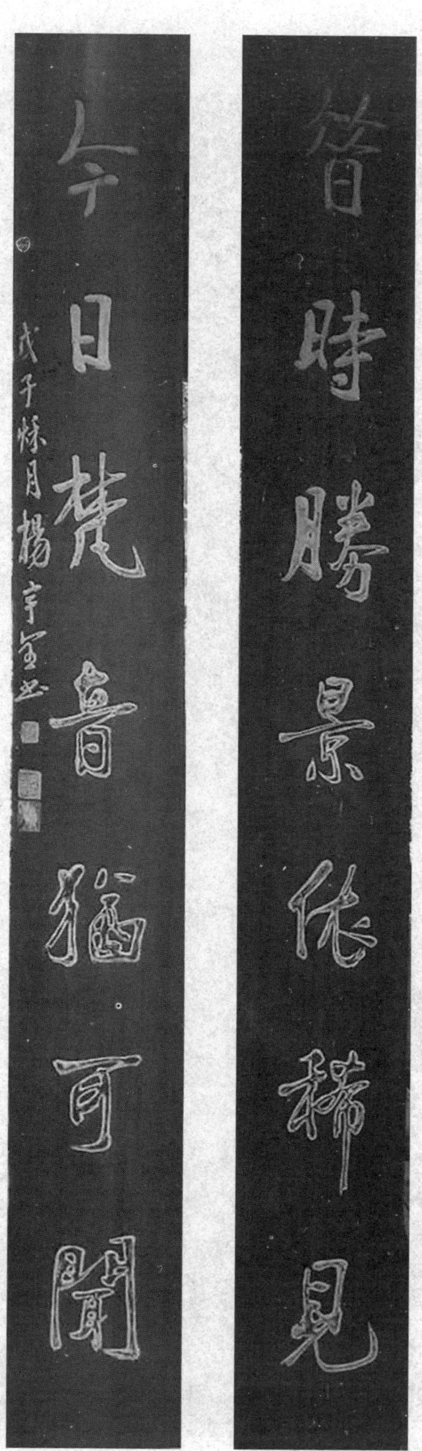

半山娘娘庙楹联　吴关荣摄

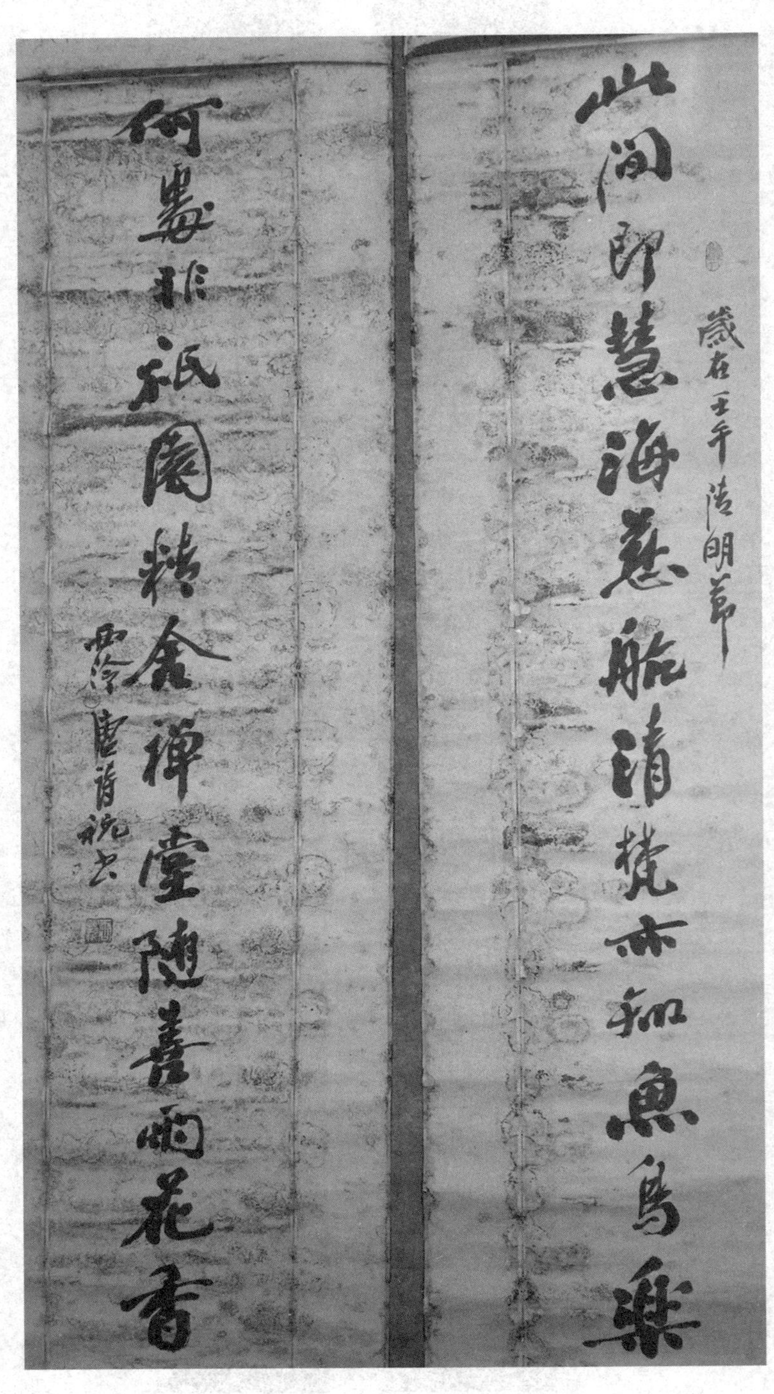

半山娘娘庙楹联　吴关荣摄

GAOTING RENJIA

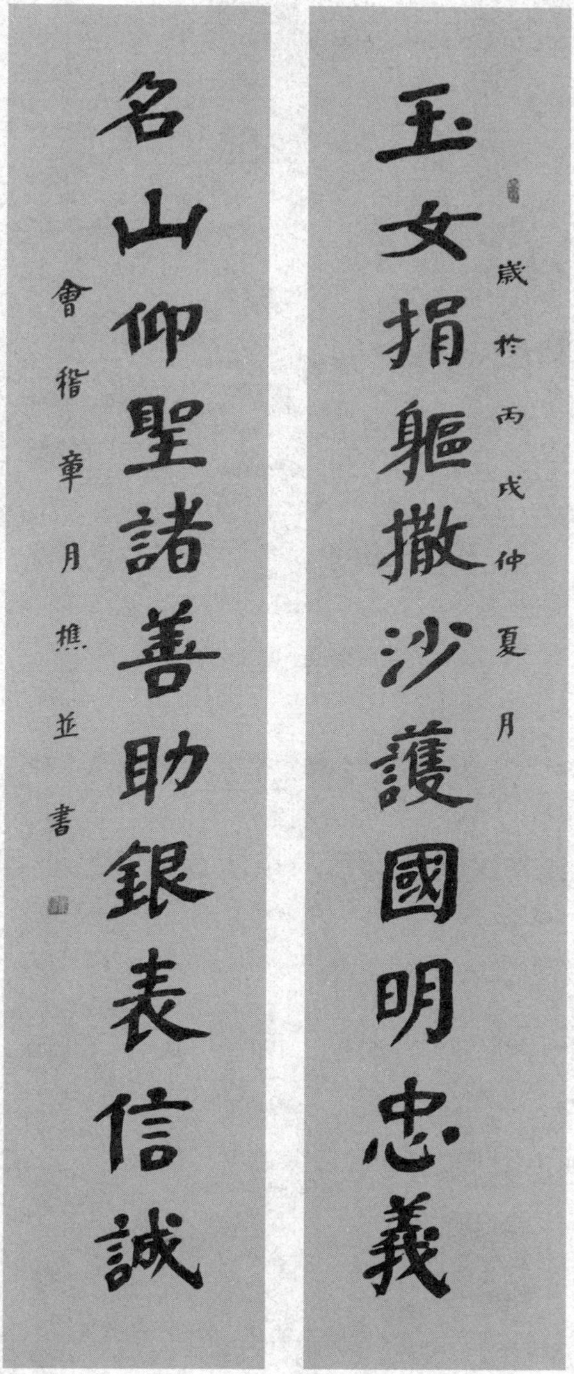

玉女捐軀撒沙護國明忠義

歲於丙戌仲夏月

名山仰聖諸善助銀表信誠

會稽章月樵並書

半山娘娘庙楹联　吴关荣摄

吴关荣摄于博文苑

浙江省民间信仰活动场所登记编号证书

浙民场证字（杭）乙 040007 号

名　称　杭州市拱墅区半山街道半山社区半山娘娘庙　所在村（社区）　半山社区

类　别　乙类　场所负责人　倪齐潮

地　址　杭州市拱墅区半山街道广济路支路186-5号旁边

发证机关　杭州市拱墅区民族宗教事务局

2017年 2月 1日

半山娘娘庙被批准为民间信仰活动场所的证书复印件　倪连庆提供

聞鐘聲
煩惱輕
知慧長
菩提增
壬午年
吳佩之書

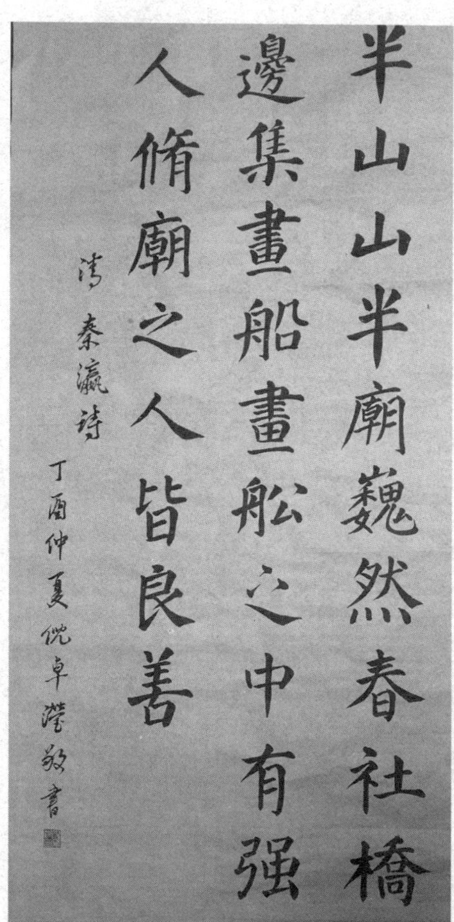

倪家后裔倪卓滢的书法

吴关荣摄

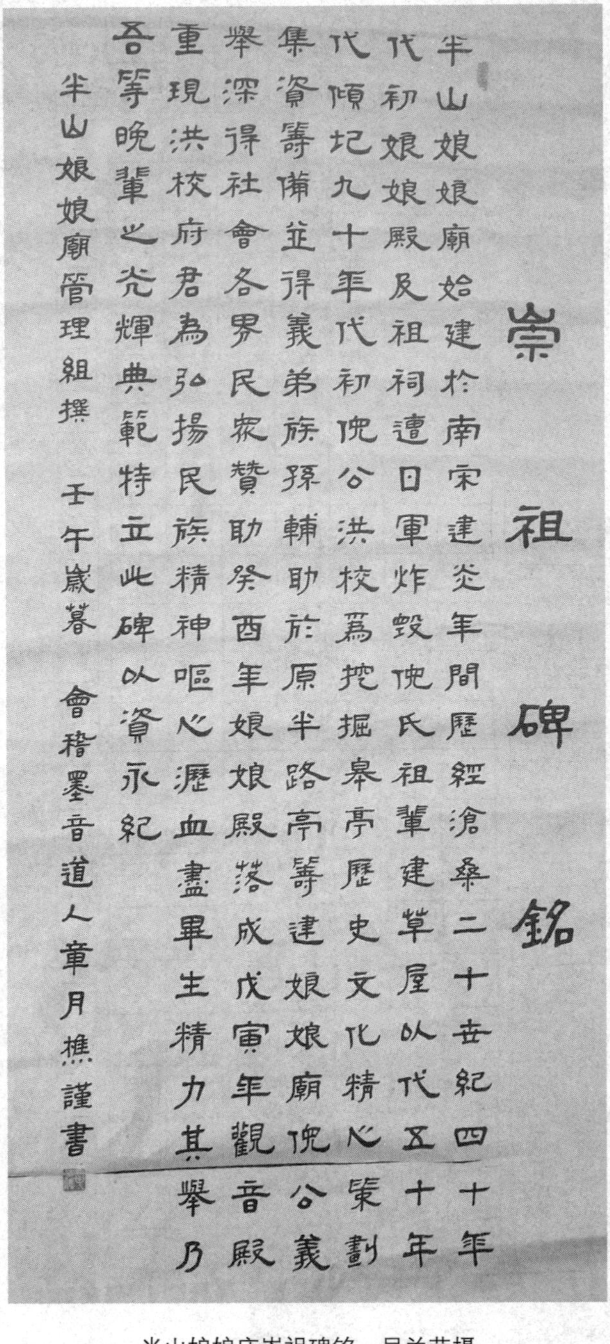

崇祖碑銘

半山娘娘廟始建於南宋建炎年間歷經滄桑二十世紀四十年
代初娘娘殿及祖祠遭日軍炸毀倪氏祖輩建草屋以代五十年
代傾圮九十年代初倪公洪校爲挖掘皋亭歷史文化精心策劃
集資籌備並得義弟族孫輔助於原半路亭籌建娘娘廟倪公義
舉深得社會各界民衆贊助癸酉年娘娘殿落成戊寅年觀音殿
重現洪校府君為弘揚民族精神嘔心瀝血盡畢生精力其舉乃
吾等晚輩之光輝典範特立此碑以資永紀

半山娘娘廟管理組撰　壬午歲暮　會稽墨音道人章月樵謹書

半山娘娘庙崇祖碑铭　吴关荣摄

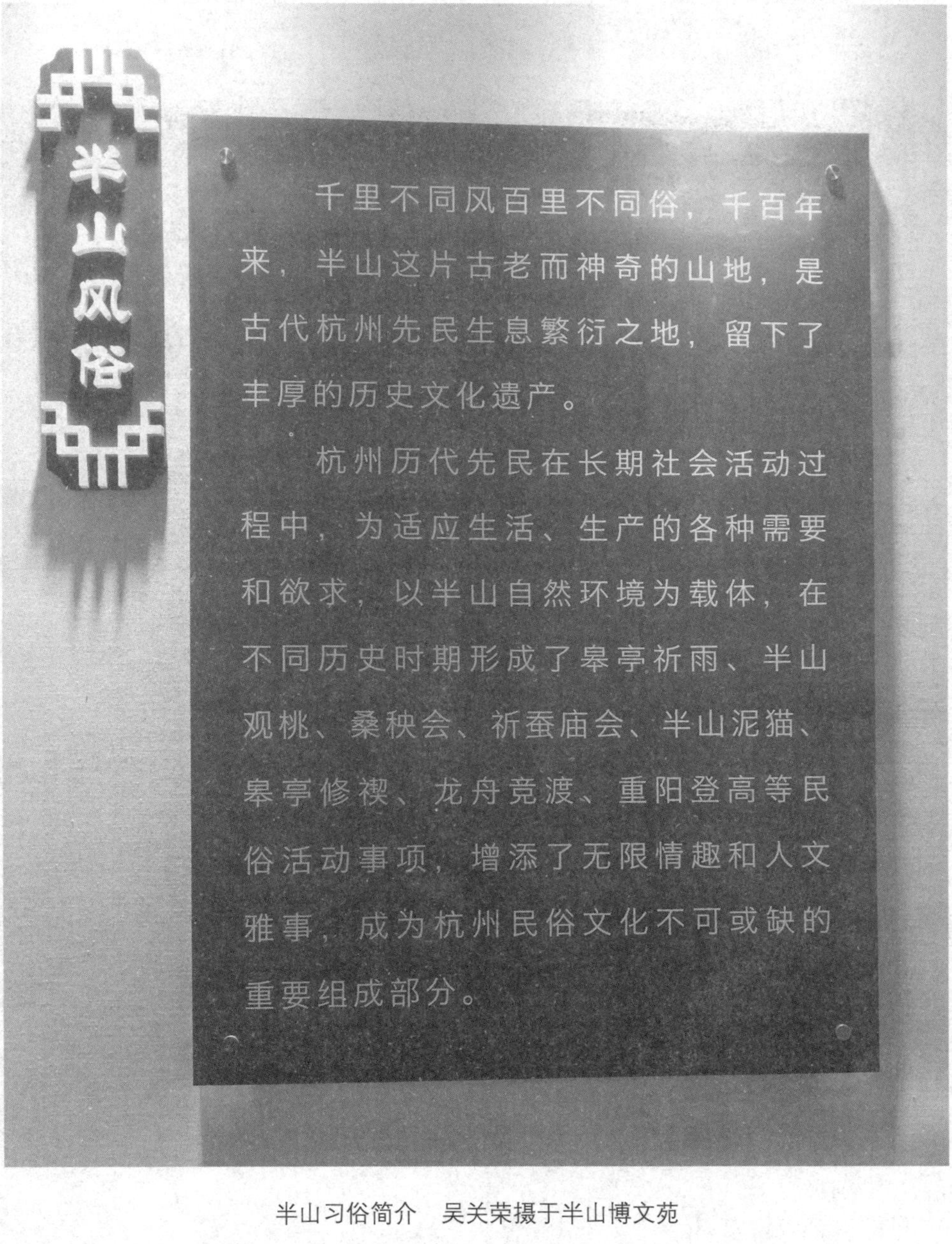

半山习俗简介　吴关荣摄于半山博文苑

秦始皇图

宋高宗图

吴关荣摄于半山博文苑

阮元（1764-1849)江苏仪征人，清乾隆五十四年1789年，中二甲三名进士。次年大考，乾隆皇帝擢为第一，破格提职。

阮元先后在杭主政十二年，每到清明时节，他总要到郊外踏青，最喜欢去的就是远离尘嚣的半山（皋亭山）。他把半山比成绍兴的兰亭，和文人学士一起饮酒吟诗修禊。清朝嘉庆三年（1798年），时任浙江巡抚的阮元，钟情于漫山遍野开满桃花的半山。每年初春，他便邀请好友雅集于此，赏花作诗，先后创作出许多诗作，辑成《皋亭唱和集》。皋亭修禊的传统即为阮元所创。

清阮元图

郁达夫(1896-1945)原名郁文，字达夫，浙江富阳人，1911年起开始创作旧体诗，并向报刊投稿。1912年考入之江大学预科，因参加学潮被校方开除。1919年人东京帝国大学经济学部。1921年6月，与郭沫若、成仿吾、张资平等人酝酿成立了新文学团体创造社。7月，第一部短篇小说集《沉沦》问世，在当时产生很大影响。1936年任福建省府参议。1938年，赴武汉参加军委会政治部第三厅的抗日宣传工作，并在中华全国文艺界抗敌协会成立大会上当选为常务理事。1942年，日军进逼新加坡，与胡愈之、王任叔等人撤退至苏门答腊的巴爷公务，化名赵廉。1945年日本投降后被日军宪兵杀害。

1933年4月郁达夫移居杭州后，写了大量山水游记和诗词。他看杭州之山提到葛岭、凤凰山等，独具慧眼的是他喜欢半山

郁达夫图

吴关荣摄于半山博文苑

钱镠(852-932)，字具美，小字婆留，杭州临安人，五代十国时期吴越国创建者。半山是兵家必争之地，石桥镇地域乃杭城北郊要塞通途，镇北有钱王塞城址，《寰宇记》载："皋亭山有石城，周围十里"，即指此。

钱镠图

宋宁宗法天备道纯德茂功仁文哲武圣睿恭孝皇帝（1168~1224)中国南宋皇帝，即赵扩。宋光宗次子，汉族，1194~1224年在位。

南宋时，在皋亭山西南的半山腰建"云锦亭"，宁宗皇帝御书"皋亭山"三字为匾额，悬置在亭内。

宋宁宗赵扩图

吴关荣摄于半山博文苑

明李流芳图

吴关荣摄于半山博文苑

皋亭山出土的战国时期水晶杯图

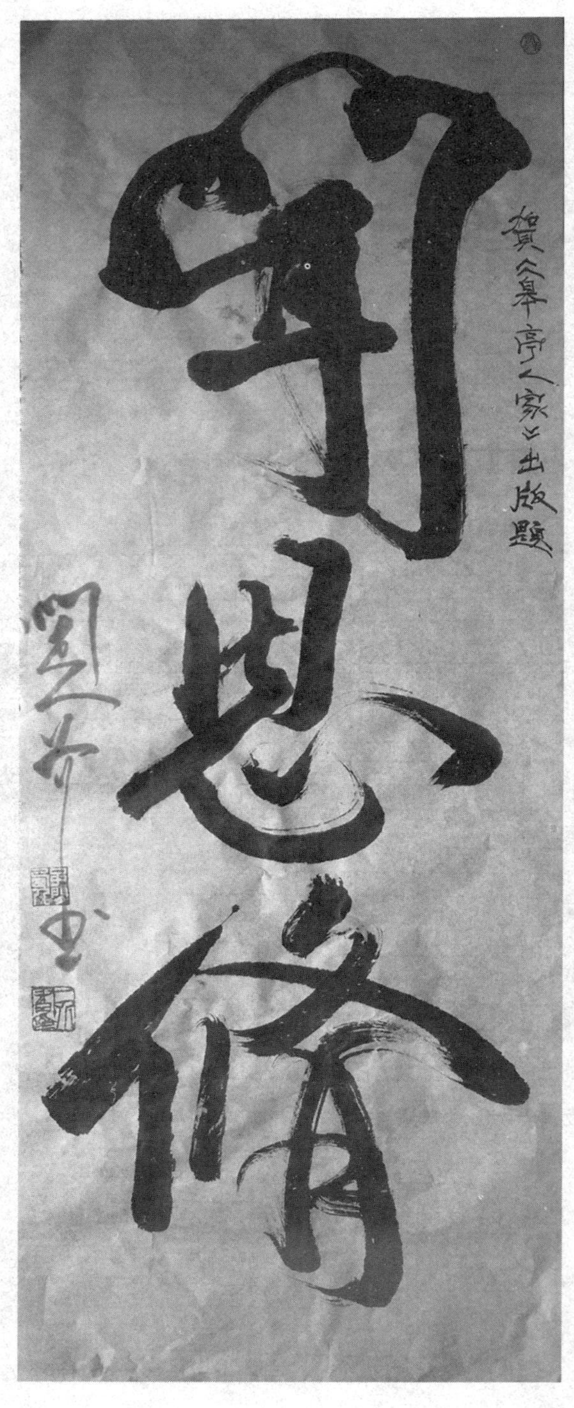

白云庵主持一介法师为《皋亭人家》出版题字

半山倪猫传承人倪晨霞正在制作倪猫　蒋文琴提供

半山倪猫传承人倪
晨霞正在制作倪猫
蒋文琴提供

半山民俗活动演出图　吴关荣摄于半山民俗活动现场

撒沙夫人庙记原版图
吴关荣摄

撒沙夫人廟重建碑記

撒沙夫人庙重建碑记

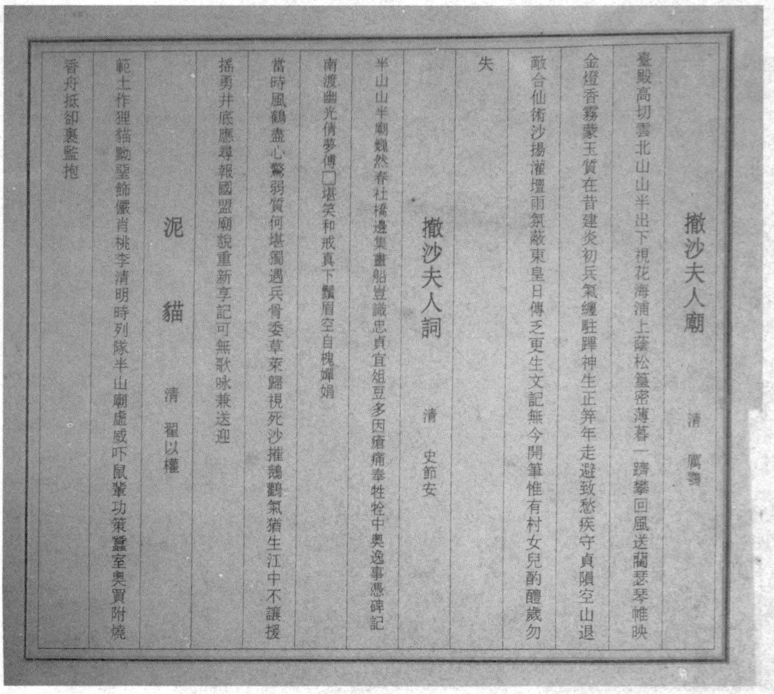
撒沙夫人廟　清　厲鶚

臺殿高切雲北山山半出下視花海浦上蔭松篁密薄暮一躋攀回風送閣瑟琴帷映金燈香霧蒙玉質在昔建炎初兵氣纏駐蹕神生正笄年走避致愁疾守貞隕空山退敵合仙術沙揚灌壇雨氛蔽東皇日傳乏更生文記無今開筆惟有村女兒酌醴歲勿失

撒沙夫人詞　清　史節安

半山山半廟巍然春社橋邊集畫船豈識忠貞宜俎豆多因瘖痛奉牲牷中奥逸事憑碑記南渡幽光倩夢傳□堪笑和戎真下鬟眉空自愧嬋娟

當時風鶴盡心驚弱質何堪獨遇兵骨委草萊歸視死沙摧鵝鸛氣猶生江中不讓援搖勇井底應尋報國盟廟貌重新亭記可無歌咏兼送迎

泥貓　清　翟以權

範土作狸貓黝堊飾儼肖桃李清明時列隊半山廟虛威吓鼠輩功策蠶室奥買附燒香舟抵卻裹鹽抱

撒沙夫人庙诗抄　吴关荣摄

碑刻雕塑

BEIKE DIAOSU

娘娘庙遗址碑　吴关荣摄

娘娘庙内的
扶宋室古残碑

半山公园雕塑《醉卧》
吴关荣摄于半山公园

半山娘娘庙崇祖碑　吴关荣摄于娘娘庙

衣錦桥建於唐僖宗二年毁
于宋南渡之末復建於元世
祖時至明天啟三年臨江五
畨里人周名揚者樂善好施
見桥將圮請於水利道葺而
新之以迄于今
乾隆四十三年重建會首仝
王宏禧 心誠師 余世昌
葉文奐 曹耀千 胡沛高
王賢倉 袁配周 王大文
曾楚玉 倪甫仁 王茂昌
王天發 倪思忠 倪大昌
倪新俊 姜大發 性天師
妙德師
莫道師
程聖玉助多十千足

衣锦桥修复记碑　半山娘娘庙管理小组提供

衣锦桥保护碑
吴关荣摄于衣锦桥

上塘河古纤道碑　吴关荣摄

2004年衣锦桥修复工地照　吴关荣摄

2004年，抢救性修复衣锦桥的施工照　倪连庆提供

半山公园内的水晶杯正、背面石刻图　吴关荣摄

文天祥雕塑　吴关荣摄

半山公園

半山
伯颜抗论即于此处。明初朱元璋命李文
忠攻取杭州时，遣将茅成驻扎皋亭山
明代，皋亭积雪即为湖墅八景之一
半山观桃成杭人赏花习俗。至清代，皋
亭之桃为湖墅三胜地之一。
四五千年来，皋亭山系杭州先民生
息繁衍之地，留下帝王将相遗踪无数，
传有名人雅士诗文诸多，堪为杭城之胜
地。

半山公园石刻

吴关荣摄

清丁丙诗

半山公园内金兵南犯石刻图　吴关荣摄于半山公园

半山民俗图石刻(组)

吴关荣摄于半山公园

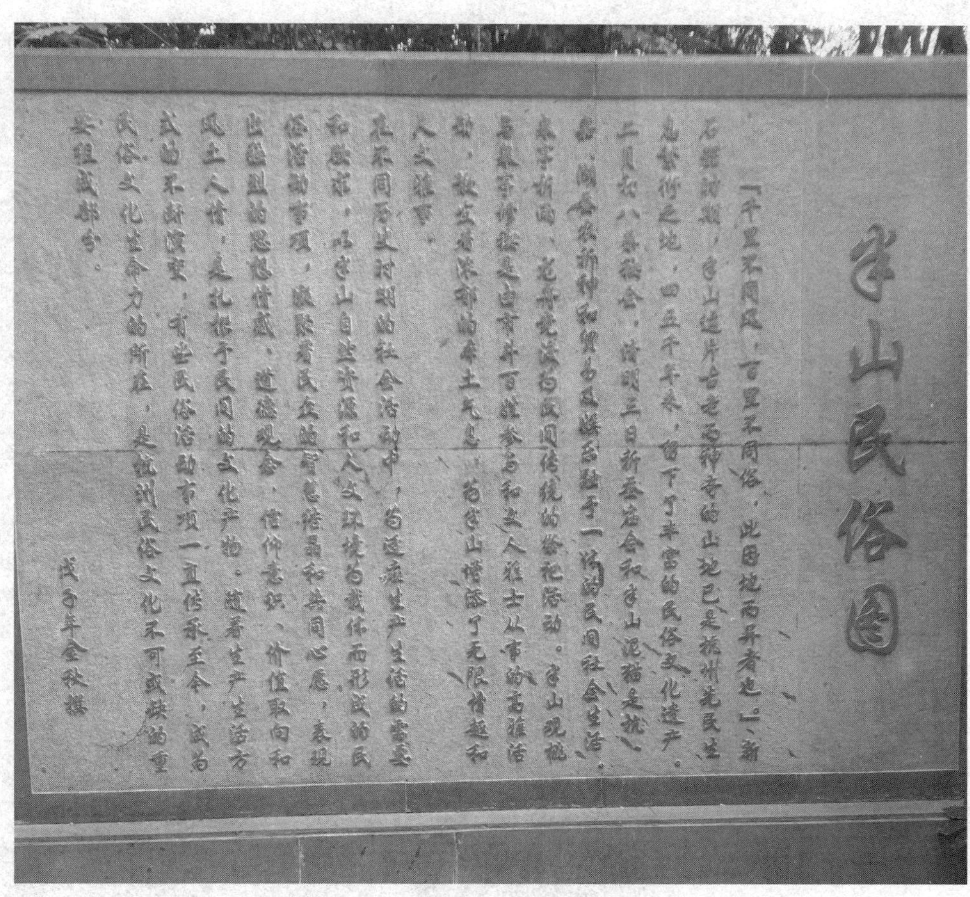

半山民俗简介石刻图

唐时杭人求雨图

古人皋亭游春图

唐宋杭人名流聚
皋亭群像

唐宋杭人祈雨求福图

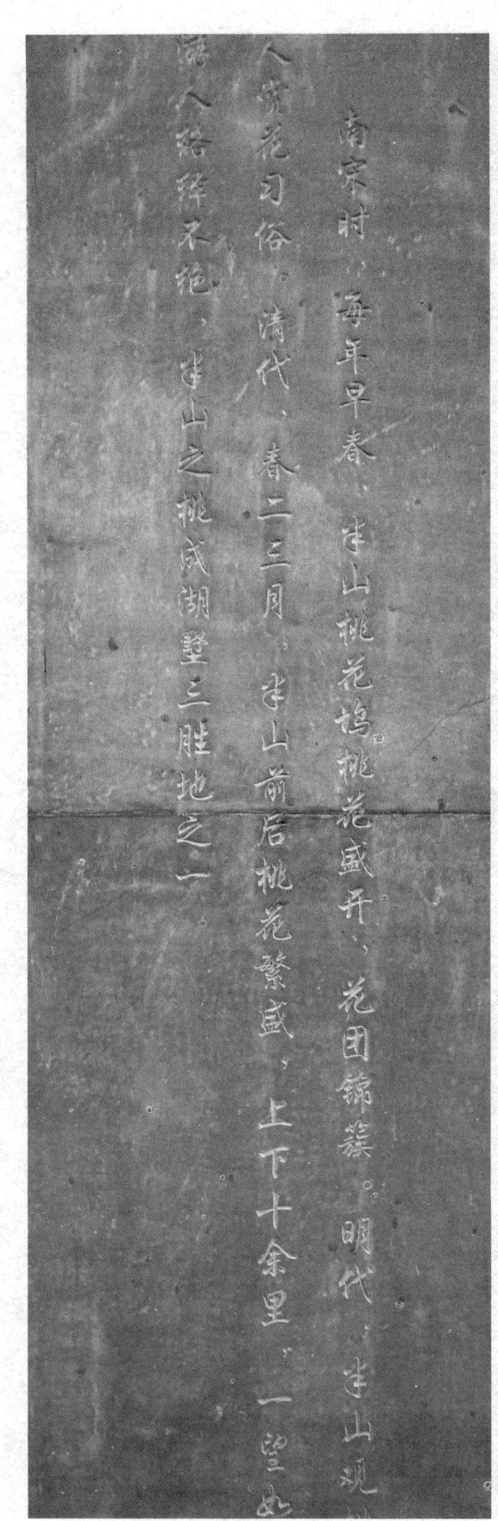
南宋时，每年早春，皋山桃花坞桃花盛开，花团锦簇。明代，皋山观
人赏花习俗。清代，春二三月，皋山前后桃花繁盛，上下十余里，一望如
游人络绎不绝，皋山之桃成湖墅三胜地之一

宋时皋亭山景简介

半山公园诗词石刻图

半山公园诗词石刻图

立夏节石刻(组)

吴关荣摄于半山博文苑

立夏节秤人图

立夏秤人石刻图

上塔碑(组)

吴关荣摄于半山上塔遗址

镌刻在半山上塔遗址的心越大师像

皋亭(半)山上塔遗址碑刻(一)

皋亭(半)山上塔遗址碑刻(二)

康熙君臣图

附件

FUJIAN

二〇〇四年四月八日上午九时许，衣锦桥抢救性修复中在北桥堍东侧二市尺许土下，发现太湖石古碑一块，拱墅区皋亭文化研究会接报后即刻采取保护措施，同时向半山镇政府报告并致电有关新闻单位。此古碑宽58.5厘米，高33.5厘米，厚22.5厘米，共16行，计140字，全文如下：

衣锦桥建于唐僖宗二年毁
于宋南渡之末复建于元世
祖时至明天启三年临江五
图里人周名扬者乐善好施
见桥将记请于水利道葺而
新之以迄于今
乾隆四十三年重建会首仝
王宏褚　心诚师　余世昌
叶文侯　曹耀千　胡沛高
王贤仓　袁配周　王大文
鲁楚玉　倪甫仁　王茂昌
王天发　倪鼎忠　倪大昌
倪新候　姜大发　性天师
妙德师
莫道师

程圣玉助纟十千足

倪氏后裔：
洪祖　云炳　连庆　齐潮　健康　爱仁　敬录于
二〇〇四年四月十三日

衣锦桥重修记文字图　吴关荣摄

关于开发旅游景点重建半山娘娘殿的请示报告

半山镇人民政府：

我们是本镇施家桥村、半山桥自然村的部分居民，现向镇政府要求开发旅游景点重建半山娘娘殿。

根据《简志·地名》记载：半山原名皋亭山，宋康王赵构南渡时为避金兵躲于此山，金兵追至，适问当地一位姓村姑，康王躲于何处，机警地不说而搪遣金兵。1131年，南宋高宗赵构称帝，建都临安（杭州）后，怀其恩，御封半山护国娘娘，在皋亭山西南坡中建庙立牌。八百多年来，半山娘娘殿虽经历代战乱，屡毁屡建，直至民国年间规模尚存，所谓杭城北郊一大古刹。日寇侵华时被损毁大部，在"文革"期间被夷为平地。

半山娘娘殿方圆百里妇人皆知，特别是杭嘉湖地区居民对半山"桑蚕会"、"庙会节"等民间节日影响较大。现初一、月半，数以百计男女老者雇船坐车，从数十里外赶来半山进香，嘉居港台华侨对半山娘娘十分虔诚、关注，要求

第 1 页

捐助建庙意向热烈。值此国泰民安、百业兴旺大好时机，我镇上下献公园大有开发利用之优势；民众捐助将历史古典、扬民族大义、激发爱国情操，发展半山旅游事业，将是利国、利民的一大喜事。

根据《浙江省宗教方案》精神，结合历史与实际现实情况，为加强治安、便于管理和确保香客人身安全，要求在原址上重建半山娘娘殿950M²（即大殿200m²、后大殿150m²、观音殿600m²），以恢复其本来面貌。资金来源将通过捐助逐步到位，拟组建筹备小组，遵照国家法律法规制订管理制度，自筹资金逐步开发。为盼，请批示。

报告人：倪洪枝
倪青朝 倪崇坤
施家村 倪爱娟 倪海生
倪行正

九一年二月十六日

第 2 页

关于开发旅游景点，重建半山娘娘殿的请示报告原文图　吴关荣摄

拱墅区关于半山娘娘庙修复暨半山（皋亭山）森林公园贯通方案设计的情况汇报

[illegible]

2. 关于公园定位问题。[illegible]

3. 关于施工队伍问题。[illegible]

态，三大公园通过游步道连成一体，保持基本统一的设计建筑风格，同时又各自具有独立性，拥有自身的景观节点和配套设施，力确保景观效果，我区将对园内散坟进行迁移。

4、关于森林公园元素问题。我区将会同设计单位，对三大公园贯通方案进行优化，吸取省内其他森林公园的成功做法，在方案设计中淡化人造园林风格，增添森林公园的特有元素，吸引周边市民来此健身、休闲，着力打造杭城第二个“十里琅珰”。

5、关于消防和亮灯问题。为应对三大公园贯通后急剧增加的人流量，我区将增加消防和相关配套服务设施，确保森林防火安全，同时便于公园后续管理。在方案设计中，我区还计划参照宝石山的做法，实施亮灯工程，为市民健身提供便利，并增强景观美化效果。

6、关于管理体制问题。由于三大公园属于多个产权主体，在公园贯通后，建议成立三大公园管委会，统一对相关工作进行协调处理，落实长效管理。

拱墅区人民政府办公室

2009-12-29

拱墅区政府关于开发半山娘娘庙、森林公园贯通方案的请示报告和领导批示原文图　吴关荣摄

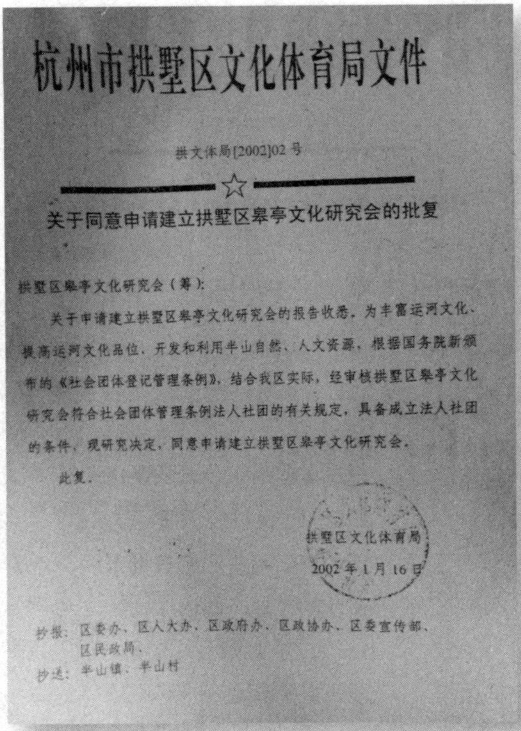

杭州市拱墅区文化体育局文件

拱文体局[2002]02号

☆

关于同意申请建立拱墅区皋亭文化研究会的批复

拱墅区皋亭文化研究会（筹）：

关于申请建立拱墅区皋亭文化研究会的报告收悉，为丰富运河文化、提高运河文化品位、开发和利用半山自然、人文资源，根据国务院新颁布的《社会团体登记管理条例》，结合我区实际，经审核拱墅区皋亭文化研究会符合社会团体管理条例法人社团的有关规定，具备成立法人社团的条件，现研究决定，同意申请建立拱墅区皋亭文化研究会。

此复。

拱墅区文化体育局

2002年1月16日

抄报：区委办、区人大办、区政府办、区政协办、区委宣传部、区民政局。

抄送：半山镇、半山村

拱墅区文体局批准成立拱墅区皋亭文化研究会的文件图　吴关荣摄

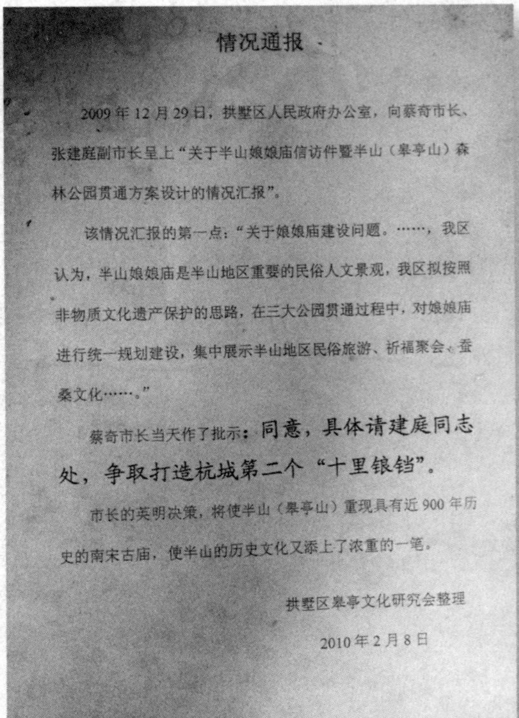

情况通报

2009年12月29日，拱墅区人民政府办公室，向蔡奇市长、张建庭副市长呈上“关于半山娘娘庙信访件暨半山（皋亭山）森林公园贯通方案设计的情况汇报”。

该情况汇报的第一点：“关于娘娘庙建设问题。……，我区认为，半山娘娘庙是半山地区重要的民俗人文景观，我区拟按照非物质文化遗产保护的思路，在三大公园贯通过程中，对娘娘庙进行统一规划建设，集中展示半山地区民俗旅游、祈福聚会、蚕桑文化……。”

蔡奇市长当天作了批示：**同意，具体请建庭同志处，争取打造杭城第二个“十里银铛”。**

市长的英明决策，将使半山（皋亭山）重现具有近900年历史的南宋古庙，使半山的历史文化又添上了浓重的一笔。

拱墅区皋亭文化研究会整理

2010年2月8日

皋亭文化研究会整理的拱墅区的情况通报　吴关荣摄

GAOTING RENJIA

半山泥猫

据清代陈棠、姚景瀛编纂的《临平记再续》记载："半山庙（半山娘娘庙）售泥猫，养蚕之家多买之，谓可避鼠。"又据清代范祖述撰写的《半山观桃》一文中记载："半山出产泥猫，大小塑像如生。凡至半山者，无不购泥猫而归，亦一时胜会也。"

在杭城东北部被俗称为半山的皋亭山南麓，有名为倪家门的自然村（至今地名地址尚存），以蚕桑为业。宋政和年间（1111-1118），裔出倪氏的娘娘出生，自幼聪慧，饲猫护蚕，蚕花兴旺，家业安康。

宋建炎年间（1127-1130），娘娘已是闺秀。相传，金兵入侵，娘娘捐躯守节，慈爱显灵，撒沙护国。于是，百姓立庙祭祀，宋高宗首崇祀典，敕封"撒沙护国显应半山娘娘。"

据说，娘娘殿内塑像座前，时常出现黑、白、黄等七彩神猫，嗣后，半山倪家门的人就以产售泥猫为世业。泥猫大小不一，色彩、形态也有五、六余种、且维妙维肖。

明、清时期，上塘河（半山段）北岸至半山娘娘庙前，每逢二月初八的"桑秧会"、三月清明的"蚕花节"、五月初一的娘娘诞辰日，杭、嘉、湖等各地的桑农、蚕农成群结队，坐船泊衣锦桥（半山桥）和广济桥，入庙进香，为祈蚕花，返乡回家，必买泥猫，用以避鼠，消灾袪邪，家业丰足。

清代诗人翟以权有《泥猫》诗：范土作狸猫，黝垩饰伻肖。桃李清明时，列队半山庙。虚威吓鼠辈，功策蚕室奥。买附烧香舟，抵却里监抱。

21 世纪的第一个五月初一（娘娘诞辰之日），倪家门的后裔深入挖掘，精心研制和开发生产双面泥猫。使得这一吉祥之物——泥猫再现于世，以示国泰民安，家给人足，续承杭俗遗风。

（杭州市社会科学院　朱宝华）

半山泥猫介绍图　资料由半山娘娘庙管理小组提供

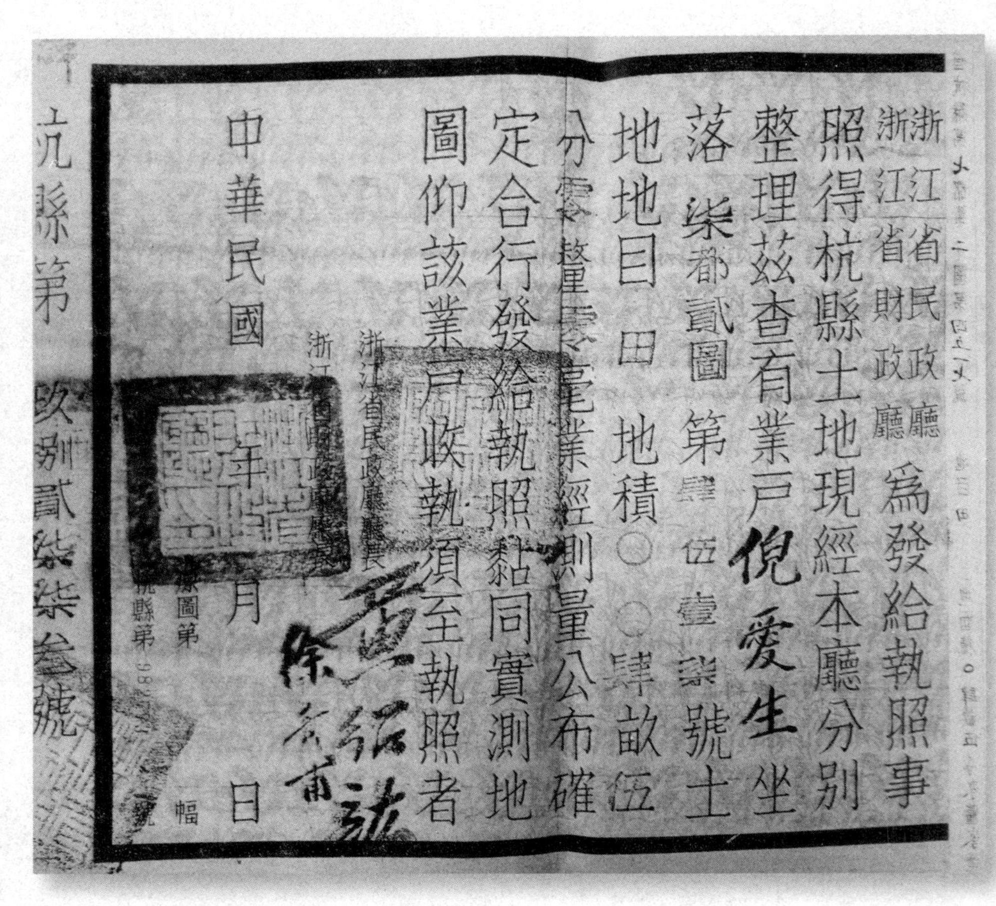

浙江省民政廳
浙江省財政廳 為發給執照事

照得杭縣土地現經本廳分別整理茲查有業戶倪愛生坐落柒都貳圖第肆伍壹柒號土地地目田 地積○○肆畝伍分零釐零毫業經測量公布確定合行發給執照黏同實測地圖仰該業戶收執須至執照者

浙江省民政廳廳長

浙江省財政廳廳長

中華民國　　年　　月　　日

杭縣第　　圖第　　幅

杭縣第

民国年间的皋亭人家地契图　吴关荣摄

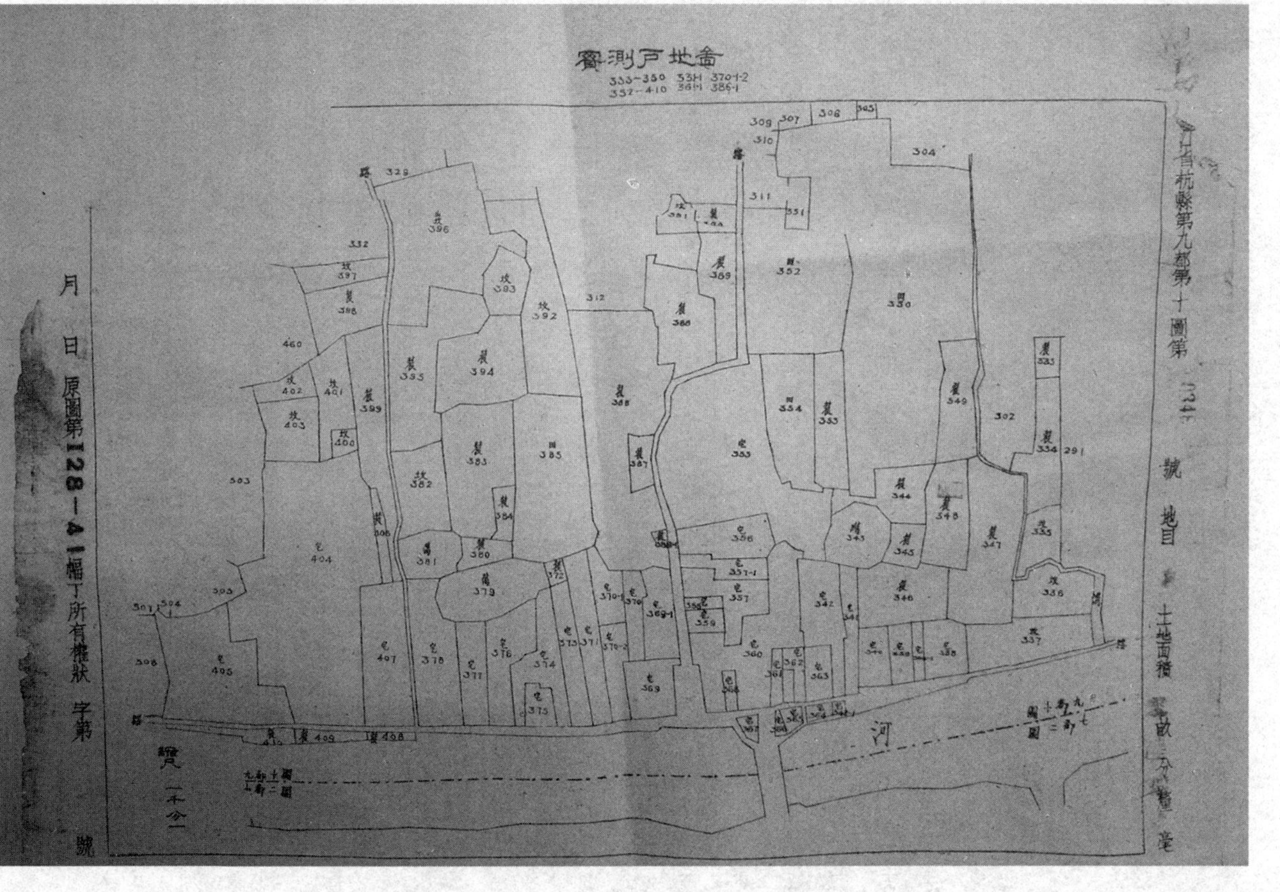

皋亭人家半山自然村居民住宅图　倪连庆提供

GAOTING RENJIA

祈皋亭神文

［唐］白居易

维长庆二年岁次癸卯七月癸丑朔十六日戊辰，朝议大夫使持节杭州诸军事守杭州刺史上柱国白居易，以酒、乳、香、果，昭告于皋亭庙神：去秋愆阳，今夏少雨，实忧灾沴，重困杭人。居易忝奉诏条，愧无政术，既逢愆序，不敢宁居。一昨祷伍相神，祈城隍祠，灵虽有应，雨未沾足。是用择日祗事，改请于神。恭惟明神禀灵于阴祇，资善于释氏，聪明正直，洁靖慈仁，无幽不通，有感必应。今请斋心虔告，神其鉴之。若四封之间，五日之内，雨泽霈足，稼穑滋稔，敢不增修像设，重荐馨香，歌舞鼓钟，备物以报。如此则不独人之福，亦惟神之光。若寂寥自居，肸飨无应，长吏虔诚而不答，下民颙望而不知，坐观田农，使至枯悴，如此则不独人之困，亦惟神之羞。惟神裁之，敬以俟命。尚飨。

鲁广西扇面书法图

皋亭山

[现代] 郁达夫

皋亭山俗称半山,以“半山娘娘庙”出名。地在杭城东北角,与城市相去大约十五六里之遥。上半山进香或试春游的人,可以从万安桥头下船,一直地遵水路向东北摇去。或从湖墅,拱宸桥以及城里其它各埠下船去都行。若从陆路去,最好坐火车到笕桥下车,向北走去,到半山只有七里路,倘由拱宸桥走去,怕要走十多里路了,而路又曲折容易走错。汽车路,不知通到了什么地方,因为航空学校在皋亭山下笕桥之南三五里,大约汽车路总一定是有的。

先说明了这一条路径,其次要说明我去皋亭山的经验了,这中间,还可以插叙些历史上的传说进去。

自前年搬到了杭州住后,去年今年总算已经过了两个春天。我所最爱的季节,在江南是秋是冬,以及春初的一二个月。以后天气一热,从春晚到夏末,我简直是一个病夫,晚上睡不着觉,日里头昏脑涨,不吃酒也像个醉狂的人。去年春天,为防止这一种疰夏——其实也可以说是疰春——病的袭来,老早我就防卫,想把身体练得好一些,可以敌得过浓春的压迫、盛夏的熏蒸。故而到了春初,我就日日地游山玩水,跑路爬高,书也不读,文章也不写。有一天正在打算找出一处不曾去过的地方来,去游它一天,消磨那一日长闲的春昼,恰巧有一位多年不见的诗人何君来了,他是住在临平附近的人,对于那一带的地理,是很熟悉的。我问说:“临平山,超山,塘栖镇,都已经去过了,东面还有更好玩的地方没有?”他垂头想了想,就说:“半山你到过没有?”我说:“没有!”于是就决定了一道去游半山。

半山本名皋亭山,在清朝各诗人的集子里,记有皋亭看桃花的诗词杂文很多很多;我们去的那一天,桃花虽还没有开,但那一年春天来的较迟,梅花也许是还有的。皋亭虽不是出梅子的地方,可是野人篱落,一树半枝的古梅,倒也许比梅林更为有趣；何君从故乡来，说迟梅还正在盛开，而这一天的天气，也正适合于探梅野步。

我们去时，本打算去笕桥下车，以后就走到皋亭山上庙里去吃午餐的；但一到车站，听说四等车已经离开了，于是不得已只能坐火车到拱宸桥。

在拱宸桥下车，遥望着皋亭山色，向东向北，穿桑林，过小桥，一路地走去，那一种萧疏的野景，实在也满含着牧歌式的情趣。到了皋亭山不远，入沿堤一处村子里的时候，梅花已经看了不少。说话也说了两三个钟头而肚子里也有点像贪狼似的饿了。

我们在堤上的一家茶馆里，烘着太阳，脱下衣服，先喝了两大碗土烧酒，吃了十几个茶叶蛋，和一大包花生米豆腐干。村里的人，看见我们食量的宏大，行动的奇特，在这早春的农闲期里，居然也聚集拢了许多农工织女，来和我们攀谈。中间有一位抱小孩的二十二三岁的少妇，衣服穿得异常整齐，相貌也生得非常之完满，默默微笑着坐在我们一丛人的边上，在听我们谈海天，说笑话，而时时还要加一两句的羞缩的问语。何诗人得意之至，酒喝完后，诗兴发了，即席就吟成了一首七言长句，后来就提上了"半山娘娘庙"的墙壁；他要我和，我只做成了一半，后一半是在回来的路上做的，当然是出韵了，原诗已经记不起来，我先把我的和诗抄在下面：

春愁似水刀难断，村酿偏醇醉易狂。
笑指红颜称白也，乱抛青眼到红妆。
上方钟定夫人庙，东阁诗成水部郎。
看遍野梅三百树，皋亭山色暮苍苍。

因为我们在茶馆里所谈的，就是这一首诗里的故实。

他们说："半山娘娘最有灵感，看蚕的人家，每年来这里烧香的，从二月到四月，总有几千几万。"

他们又说："半山娘娘，是小康王封的。金人追小康王到了这山的半腰，小康王无处躲了，幸亏这娘娘一把泥沙，撒瞎了追来的金人眼睛。"

又有一个老农夫订正这一个传说："小康王逃入了半山的一个山洞，金人赶到了，幸亏娘娘把一篓细丝倒向了洞口，因而结成了蛛网，金人看见蛛网满洞，晓得小康王决不躲在洞里，所以又远追了开去。”

凡是种种，以及香灰疗病，娘娘托梦等最近奇迹，他们说得活灵活现，我么仿佛是身到了西方佛国。故而何诗人做了诗，而不是诗人的我也放出了那么的一“臭”，其实呢，半山庙所祀的为倪夫人；据说，金人来侵，村民避难入山，向晚大家回村去宿，独倪夫人怕被奸污，留居山上，夜间为毒蛇咬死。人悯其贞，故立庙祀之。所谓撒沙倒丝筐，都是由这传说里滋生出来的枝节，而祠为宋敕，神为女神，却是事实。

我们饱吃了一顿，大笑了一场，就由这水边的村店里走出，沿堤又走了二三里路，就走上了皋亭脚下的一个村子。这里人家更多，小店的货色也比较的完备，但村民的新年习惯，到了阴历的二月还未除去，山门前的亭子里，茶店里，有许多人围着在赌牌九。何诗人与我，也挤了进去，押了几次，等四毛小洋输完后，只好转身入山门，上山去瞻仰半山娘娘的像了。庙的确是在半山，庙里的匾额、签文，以及香烛之类，果然不堆叠的很多。但正殿三间，已经倾颓灰黑了，若不再修理，怕将维持不下去。西面的厢房一排数间，是厨房，是管庙管山人的宿舍，后面更有一个观音殿，却是最近修理粉饰过的。

因为半山庙的前后左右，也没什么好看，桃树也并没有看见，梅花更加少了，我们就由倪夫人庙西面的一条山路走上了山顶。登高而望远，风景是总不会坏的，我们在皋亭山顶，自然也看见了杭州城里的烟树人家与钱塘江南岸的青山。

从山顶下来，时间已经不早了，何诗人将诗题上了西厢粉壁后，两人就跑也似的走到了笕桥。

一年的岁月，过去的很快；今年新春刚过，又是饲蚕的时节了，前几天在万安桥桥头散步，并且还看到了桅杆上张着黄旗的万安集、半山、超山进香的香船，因而就想起了去年的游迹，因而又发了一“臭”：

半堤桃柳半堤烟，急景清明谷雨前，
相约皋亭山下去，沿河好看进香船。

一九三五年三月二十七日

后 记

杭城北部皋亭(半)山距离我家不远,站在家前眺望,真如百步之遥,一览无遗。尤其是在冬天的大雪过后,距离近得似乎更是离奇,仿佛一伸手就能够抓到山上的积雪,堆成几个大大的雪人,在阳光下看他冒汗淌水……

皋亭(半)山文化底蕴深厚,人文故事很多,任谁也无法说出它的故事到底有多少。从小就爱听祖父、父亲讲故事的我,早记不清发生在皋亭(半)山里的故事有多少了。

皋亭(半)山优美动听的故事,不断地印入我的脑海,这拉近了我与皋亭山的距离,好像我的身心也慢慢地融入了皋亭(半)山,成为皋亭(半)山旷野林泉群体中的一员。

求知的欲望,使我对皋亭(半)山里的传说故事产生了更加浓厚的兴趣、爱好。空闲时,常常会对听到的故事进行回味、梳理、辨别,当然更多的是好奇。像"半山娘娘"这位重要人物的多个故事版本,如:1.说她为救康王身死;2.述她身患疥疮不治身死;3.谓其怕被金兵奸污自缢而死;4.又说她救康王后,未得康王承诺迎娶,常被嫂嫂讥讽,悲愤而死;5.还有说她撒沙击退南侵金兵,奠定南宋中兴之基础的……究竟哪一个故事才是真的呢?这在当年我幼小的心目中,成了一个解不开、理还乱的谜题。

从此,皋亭(半)山成了我心中最神秘、最向往的地方。幼时我想,等我长大了,一定要下一番工夫,做些调查研究,得出一个比较真实、令人较为可信的答案。这个儿时的梦想,没有随我年龄增长而被遗忘,相反,它却始终在我脑海里梦牵萦绕、难以忘却。

1974年,经过考试政审,我被录取从事群众文化工作,为我揭开皋亭(半)山的神秘面纱打开了方便之窗,也为我日后在对皋亭(半)山的走访、文化信息的搜集整理方面打下了较好的基础。通过不断的信息积累，我清楚地认识到皋亭（半）山具有非常悠久的历史，极其丰富的（物质和非物质）的文化遗产。那些歌颂真善美，鞭挞假丑恶，以正压邪，催人奋进的优美故事，都是先祖们馈赠给后人的宝贵遗产，是中华民族文化宝库中的粒粒珍珠，无比珍贵。此后，我便萌生了将先人们口述的传说、故事素材进行整理，汇编成册的愿望。随着年龄的增长，愿望渐渐地变成了渴望，并付诸行动。

20世纪80年代后期至今，我就利用业余时间，不断地到皋亭（半）山及周边的老人中开展采访收集活动，在广大热心师长、朋友们的关心支持下，每次采访都有很大的收获。尤其是到半山倪氏人家采访半山娘娘的历史真相时，亲眼目睹倪氏族人前辈倪洪校、倪洪祖与倪连庆、倪齐潮、倪云炳、倪健康、倪爱仁、倪林荣、陈文玉、蒋文琴等人，为复建半山民俗文化传承基地（半山娘娘庙）扑心扑肝地出谋划策，夜以继日地开展工作，亲身感受他们募集资金不取分文，真心实干又不求回报的优良品德，这种品德实属罕见，令人感动不已。

记得2014年的秋天，小孙女看到我书桌上半山娘娘庙的照片，听我讲述撒沙护国的传说后，问我："爷爷，撒沙真的能够打败敌军吗？那她撒的是什么沙呀？我能找到那种沙吗？"

对于小孩的提问，我的回答是这样："撒沙打败金兵是封建时代皇帝说的梦话，是为适应那个时代的政治需要而编写的神话故事。它不是现实生活中的真实故事！"

"那真故事是怎样的呢？"

我说："你得等一段时间，等我了解清楚了说给你听。"

那时，我想小孙女提出的问题，恐怕至少代表着一部分青少年人的想法。而娘娘庙作为优秀民俗文化传承基地，可不能再让这些不着边际的神话故事误导后代了。现在应该是到了正本清源，恢复半山娘娘深明大义，智救康王事迹原貌的时候了。

为了探索历史真相，在查阅图书资料未果的情况下，不得不另辟蹊径，从探询半山倪氏后裔及周边相关的古稀老人入手，采访了解半山娘娘的故事背景，抽丝剥茧式地筛选整理，终于慢慢地搞清了倪家闺女救康王乃至被敕封半山娘娘的事情真相。按赵构母亲韦太后对倪翠莲话说，赵构乃先皇九子，论长幼不可能他登皇位，唯有像史上数位历经艰险磨难，有神灵护佑能绝处逢生的真命天子一样，方能昭示皇道正统。若说半山民女救主，岂不身价太低有损龙颜了。曰“撒沙护国”可树赵构天子神威，是为呼唤民心，凝聚朝野抗金之力的政治所需。当我基本理清了事情的缘由后，提出编撰《皋亭人家》的粗浅设想，恰与倪氏先人的夙愿不谋而合，得到倪氏后裔倪连庆、倪齐潮、倪云炳、倪林荣、陈文玉、蒋文琴、王正阳老师等的大力支持，大家一起，认真商讨编撰《皋亭人家》过程中需要注意的相关细节。

在《皋亭人家》的编撰中，得到浙江省民间文艺家协会，杭州市作家协会，杭州古都文化研究会，杭州钱塘江研究院，杭州市民间文艺家协会，杭州市档案馆、杭州市图书馆，杭州拱墅区文化广播新闻出版局，拱墅区非物质文化遗产保护中心，拱墅区半山街道，半山社区，杭州皋亭文化研究会等单位的大力支持。

在《皋亭人家》出版前夕，著名民俗学家、浙江大学吕洪年教授在年过八旬、身体欠佳的情况下，却不辞辛劳，坚持为该书作序。浙江知名诗词楹联专家李定楹老师已逾古稀，不怕劳累为此书撰文作序。该书开篇两个序言神采飞扬，读来使人倍感亲切，回味无穷。

通过大家的艰苦努力，一本以民间文学形式，撰写皋亭(半)山民俗历史文化，汇集半山名胜、雕塑石刻、古诗楹联的《皋亭人家》终于与大家见面了。在此，谨向关心支持该书编撰出版的各界领导、专家学者、老师和朋友们表达诚挚的谢意！

由于笔者的知识水平所限，书中错漏肯定难免，敬请领导、专家师长和读者朋友们批评指正，谢谢！

吴关荣

2017年6月6日写于金色黎明